Jo Pestum, 1936 in Essen geboren, studierte Malerei, jobbte als Bauarbeiter, Nachtportier, Kirchenmaler und Taucher. Seine Erlebnisse und Erfahrungen vieler großer Reisen flossen in die Geschichten dieses Buches ein. Nach Tätigkeiten als Grafiker, Redakteur und Verlagslektor arbeitet er heute freiberuflich als Schriftsteller und Film-, Funk- und Fernsehautor. Er ist Mitglied des PEN und hat mehr als achtzig Bücher geschrieben: Kriminalerzählungen, Kinder- und Jugendbücher, Romane, Satiren, Lyrik. – Nach «Die Hunde von Capurna» (Band 636) ist dies die zweite Buchveröffentlichung des Autors bei rotfuchs.

Jo Pestum

Der Kater kommt zurück

Ein Krimi

Rowohlt

rororo rotfuchs
Herausgegeben von Ute Blaich und Renate Boldt

Veröffentlicht im Rowohlt Taschenbuch Verlag GmbH,
Reinbek bei Hamburg, August 1993
Copyright © 1993 by Rowohlt Taschenbuch Verlag GmbH,
Reinbek bei Hamburg
Das Buch erschien erstmals 1987 by
Ravensburger Buchverlag Otto Maier GmbH
Umschlagillustration Klaus Ensikat
Umschlaggestaltung Nina Rothfos
rotfuchs-comic Jan P. Schniebel
Alle Rechte an dieser Ausgabe vorbehalten
Gesetzt aus der Palatino (Linotronic 500)
Gesamtherstellung Clausen & Bosse, Leck
Printed in Germany
890-ISBN 3 499 20690 0

Inhalt

*«Die Vögel der Nacht picken die ersten Sterne auf,
die wie meine Seele, wenn ich dich liebe, funkeln.»*

Pablo Neruda, Inclinado en las tardes

Raben singen nicht

Plötzlich spielte der Hund verrückt. Er stemmte die Pfoten in den nassen Waldboden und war nicht von der Stelle zu bewegen. Sein Rückenhaar stellte sich zu einem Kamm auf, er keuchte rhythmisch wie nach einem zu schnellen Lauf und entblößte die Zähne.

Die Frau zerrte unwillig an der Leine. Die Unterbrechung hatte sie aus schönen Gedanken gerissen. Nach dem milden Regen atmete der Wald süße und würzige Düfte aus, verwilderter Flieder leuchtete in samtenem Lila, in den Kelchen der Buschwindröschen glänzten die Tropfen wie Edelsteine, Amseln lockten mit melodiösen Rufen. Jedenfalls empfand die Frau das so, weil sie sich auf das Wochenende mit Karl-Heinz freute. Sie hatte sich soeben entschieden, ihm vorzuschlagen, ganz zu ihr zu ziehen. Seine feinfühlige Zurückhaltung, weil seine Geschäfte zur Zeit nicht besonders gut zu florieren schienen, ehrte ihn. Ihr Haus war groß genug, ihre Wertpapiere warfen Rendite für zwei ab, und außerdem war Mai. Und nun spielte der Hund verrückt.

«Herr Bozzi, du spinnst!» schimpfte die Frau.

Aber Herr Bozzi spann nicht. Er war ein Münsterländer, alt, kastriert, eigensinnig. Und wenn er auch von den Milbennestern in seinen Gehörgängen fast taub war: die übrigen Sinne funktionierten noch ausgezeichnet. Sein Keuchen steigerte sich zu heiserem Gefauche.

«Komm weiter, du sturer Bock!» Die Frau zog noch

heftiger an der Leine, doch dann folgte sie dem Blick des Hundes und sah das, was der Hund schon seit einer halben Minute anstarrte. Da erschrak sie so sehr, daß die Herzmuskulatur verkrampfte und sie vor Schmerz und vor Entsetzen beinahe ohnmächtig wurde.

Schräg über ihr hing ein Mann im Baum.

Doch, sie traute ihren Augen, dachte aber drei, vier Atemzüge lang, daß es vielleicht nur ein makabrer Jux sei, eine Schaufensterpuppe oder irgendein aufblasbarer Scherzartikel. Dann sah sie die Zunge, die prall und schwarz zwischen den Zähnen klemmte, und da begriff sie endgültig. Sie war erstaunt darüber, daß sie es fertigbrachte, genau hinzuschauen. Es war ein junger Mann. Sie registrierte Boxerstiefel, eine schwarze Hose, seidig glänzend vom Regen, ein blau-weiß kariertes Baumwollhemd und eine Jeansweste. Besonders fiel ihr auf, daß der Tote eine lederne Schirmmütze auf dem Kopf hatte. Solch eine Schlinge kannte sie aus Cowboyfilmen. Weil es windstill war, hing der Mann bewegungslos.

Dann handelte sie ganz überlegt. Sie löste die Hundeleine und lief so schnell sie konnte quer durch das Unterholz auf den Hauptweg zu. Seltsamerweise folgte ihr der Hund, der Herr Bozzi hieß, obwohl er doch sonst jede Möglichkeit nutzte, eigene Wege zu gehen. Völlig außer Atem stoppte die Frau zwei Nonnen, die auf einem Tandem gefahren kamen, und machte den beiden mehr mit Gesten als mit Worten klar, daß etwas Schreckliches passiert sei und daß sie schnell die Polizei verständigen sollten, indessen der Hund sich über den Hinterreifen hermachte.

«Das nächste Telefon ist im *Jägerkrug*!» rief sie. Und: «Ich warte hier auf die Polizei!»

Der Film war gerissen. Keine schönen Gedanken mehr. Während sie den verstörten Hund wieder an die Leine legte, spürte sie, daß ihr schlecht wurde. Sie dachte: Daß Flieder so stinken kann! Herr Bozzi pinkelte den Wegweiser an, der zum Trimm-dich-Pfad zeigte. Er hatte seinen Namen in Erinnerung an einen Filmhund.

Gleich nach der Halbzeitpause war das Spiel gekippt. Die linke Abwehrseite brach völlig ein, ließ sich mit simplen Doppelpässen ausspielen, leistete sich lachhafte Fehler im Stellungsspiel. Außerdem gingen die Versuche mit der Abseitsfalle kläglich daneben. In knapp einer Viertelstunde erzielten die Dortmunder vier Tore. Das Kohlenpottderby war gelaufen.

Sie sind zu doof, dachte Lascheck, die Schalker sind einfach zu doof. Matsche im Hirn. Er hatte sich auf das Spiel gefreut, und jetzt war er restlos sauer. Er stand eingekeilt zwischen den Schlägern in der Nordkurve. Der Teufel mußte ihn geritten haben, daß er sich ausgerechnet hierher hatte drängeln lassen. Die hatten ja schon vor Spielbeginn blutunterlaufene Augen gehabt. Die ganze Abtasterei an den Eingängen hatte wie üblich nichts gebracht. Klar, die Totschläger und Fahrradketten waren ihnen abgenommen worden; aber was die Mädchen unter Röcken und Hosen für sie eingeschmuggelt hatten, das reichte aus, um eine kleine Armee zu bewaffnen. Besoffen waren sie sowieso, und nun jauchzten sie dem Schlachtfest entgegen, das sie mit den Dortmunder Fans veranstalten würden. Sie schossen sich bereits ein: Steine flogen, Raketen zischten. Mit ihren Kampfgesängen grölten sie den Stadionsprecher nieder, der wie üblich seine Litanei von Fairneß und Sportgeist und Gastfreundschaft herunterbetete. Ein verlorenes Heimspiel, ausgerechnet gegen die Scheiß-Dortmunder, wenn das nicht mörderische Rache forderte! «Sieg Heil! Sieg Heil! Sieg Heil! – Dortmund, verrecke! Dortmund, verrecke!» Einer verteilte angespitzte Schraubenzieher.

Lascheck spürte, wie sein Magen verkrampfte. Galliger Saft stieß ihm auf und brannte bitter in der Speiseröhre. Der Hustenreiz, der ihn schon seit Tagen quälte, setzte ihm immer heftiger zu. Er hatte Techniken entwickelt gegen die Anfälle von Atemnot, die ihn regelmäßig überfielen, wenn über der Riesenstadt Ruhrgebiet die Smogglocke lastete. Natürlich wußte Lascheck, warum sie nicht einmal Vorwarnstufe eins ausgerufen hatten: Die wollten ihre Bewerbung für die Olympischen Spiele nicht gefährden. Olympia der kurzen Wege mit deutsch-perfekter Organisation, getragen von einem begeisterungsfähigen Publikum. Die Werbebilder zeigten stets blauen Himmel über den großen Stadien, und die Fans auf den Rängen waren fröhliche Jubler. Smog und Schläger paßten nicht ins Konzept. Lascheck ahnte, daß sie wieder Hubschrauber mit Tränengas einsetzen würden. Perfekter Ordnungsdienst, der alles im Griff hat: auch das gehörte zu dem Reklamebild. Zu den Mittwochsspielen kamen massenhaft Arbeitslose, aggressiv vom Tagesfrust bis in die Haarwurzeln, und Schalke gegen Borussia Dortmund, das war ohnehin die Aufforderung zum Tanz. Die Schlacht konnte jeden Augenblick ausbrechen.

Ich muß raus! dachte Lascheck und atmete flach und stoßweise gegen die Angst an. Wenn sie Tränengas spritzen, werde ich ersticken. Er ruderte sich durch den zähen Brei der tobenden Masse, kam kaum vorwärts, kämpfte wie gegen eine Gummiwand, mußte Tritte und Schläge einstecken und war fast schon ohnmächtig. «Laßt mich durch, verdammt!» schrie er gegen die Schreier an. Er sah die haßgeilen Gesichter, das Zucken der Arme zum Nazigruß, er sah die Feuchtigkeit fisseln im Flutlicht, sah auch noch, daß die Schalker eine Freistoßchance wie Anfänger vergaben. Er sah das alles, nahm es aber nicht mehr wirklich wahr. In seinem Bewußtsein war nur noch Platz für den Zwang, sich aus dieser klebrigen Menge hüpfender Leiber zu befreien. «Laßt mich durch, ihr Ärsche!» Blind vor Angst und Wut schlug Lascheck um sich.

Als er dann die Schneise zwischen den Blöcken erreicht hatte, zitterte er am ganzen Körper. Schweiß brachte die Augen zum Tränen. Wie blind torkelte Lascheck die Stufen hinunter. Polizisten in Kampfanzügen und mit Schlagstöcken und Plastikschilden kamen in Rudeln gerannt. Schäferhunde geiferten. In das Gebrüll mischte sich Sirenenjaulen. Aber für Lascheck war das alles schon weit weg, denn er hatte den Ausgang erreicht und konnte wieder durchatmen. Das machte ihn beinahe besoffen. Er trabte los und fühlte, wie der Krampf sich löste. Er blieb auch nicht stehen, als ihn ein jäher Hustenanfall schüttelte.

Der Parkplatzwächter schaute ihm argwöhnisch zu, als er sich den Schutzhelm auf den Kopf stülpte und die Honda anwarf. Ging das mit rechten Dingen zu, daß da einer das Stadion verließ, obwohl das Spiel noch lief? Lascheck zog den Parkschein aus der Handschuhstulpe und ließ ihn flattern. Der Mann mit der Armbinde brüllte irgend etwas, doch das hörte Lascheck längst nicht mehr. Er drosch die schwere Maschine über die Ausfallstraße in Richtung Autobahn, und das starke Gefühl stellte sich wieder ein.

Er: der Ritter in schwarzem Leder, der die Hengstmaschine zwischen den Beinen spürt, dieses kraftstrotzende Tier, das schreit und tobt und sich aufbäumt und doch willig seinem Schenkeldruck gehorcht. Lascheck nahm die Vibrationen des Motors in sich auf, verwuchs mehr und mehr mit diesem fliegenden Pferd. Lascheck, der Zentaur. Kann man zielstrebig fahren, auch wenn man kein Ziel hat? Er jedenfalls konnte das leicht. Nach Süden, irgendwie. Über dem Rhein wuchteten gelbe Nebelwolken. Die Lichter des Hafens flimmerten wie sehr ferne Sterne. Die Ausfahrtsschilder am Kreuz Kaiserberg glänzten naß von dem Regen, der aber die Luftschichten nicht in Bewegung gebracht hatte. Mairegen bringt Segen, dachte Lascheck, da wächst man noch ein Stück, ganz klar. Er mußte Gas wegnehmen, weil unmittelbar hinter dem Breitscheider Kreuz der Stau begann. Eine Bundeswehrkolonne. Müssen die Stinker ausgerechnet bei dem Wetter Krieg spielen? Lascheck schäumte. Aber dafür gab es noch einen zweiten Grund: Der Sprit ging zur Neige, und er war völlig blank. Lanzelot hatte solche Probleme nicht gehabt, Billy the Kid auch nicht. Konnte solch eine Lächerlichkeit einen Zentauren bremsen?

Lascheck kannte seine Honda zu genau, um auf erste Aussetzer warten zu müssen. Er wußte auch so, daß die Maschine die letzten Tropfen schluckte. Auf der Standspur schob er sich an den knurrenden Lastern vorbei und verließ bei Hösel die Autobahn. Untertourig tuckerte er dem Städtchen auf dem Berge zu. Da war auch ein Schild: *Luftkurort*. Lascheck mußte trotz allem lachen.

Dann nahm Lascheck Witterung auf. Solche Situationen waren nicht neu für ihn. *Gewerbegebiet West*. Das las er gern. In diesem Halbdunkel aus Abenddämmerung und Dunst sahen die Lagerhallen und Fabrikationstrakte wie gigantische Bauklötze aus. Peitschenlampen leuchteten menschenleere Höfe aus. Als Lascheck die Zapfsäulen entdeckte, wurde ihm warm im Bauch. Es war ein ausgedehntes Gelände mit Lkw-Garagen und einer Montagehalle, das asphaltierte Areal umrundete eine hohe Ziegelsteinmauer, deren Krone mit Nato-Stacheldraht gesichert war. Die metallenen Torflügel standen offen. Lascheck lenkte die Honda hindurch und ließ sie ausrollen.

Da war jemand! Overall, Stirnglatze, Eisenwichserhandschuhe. Stellte die Kanister ab und kam näher, ängstlich anscheinend. «Heh, Sie! Was wollen Sie hier?»

«Jetzt hör mal gut zu, Opa», sagte Lascheck und bockte die Maschine auf. «Ich zapf mir jetzt mal kurz son paar Literchen Benzin für meine Mühle, und du machst keinen Zoff. Und zum Dank spitz ich dir deinen Laden hier nicht an. Ist das ne Basis?»

Der alte Mann mit den Säbelbeinen war aber gar nicht ängstlich. Er lachte wie ein Ziegenbock. Dann rief er: «Hubsy! Sikora! Hier will einer drollig werden!»

Lascheck dachte jetzt drei Fragen gleichzeitig. Warum hab ich den Alten unterschätzt? Warum hab ich mir eingebildet, daß der allein auf dem Gelände wär? Warum hab ich nicht gemerkt, daß das eine Falle ist?

Und gleichzeitig geschah auch dies: Die Flügel des Tores schlossen sich mit mampfendem Preßluftton, eine fleischige Bulldogge kam geradezu angefetzt und bleckte das Dracula-Gebiß, aus der Montagehalle näherten sich zwei Männer, von denen der eine die Ausmaße eines Tresors hatte und der andere etwas in den Händen hielt, das vermutlich eine Eisenstange war.

«Mach down!» sagte der alte Mann zu dem Hund, der gieriges Geröchel ausstieß. Zu den Männern sagte er: «Der Sportsfreund hier will Sprit klauen. Was machen wir mit ihm?»

«Wir schneiden ihm die Ohren ab», lachte unschön der Zweizentnermann, der Sikora hieß. «Pferdediebe werden gehenkt, Spritklauer kriegen die Ohren abgeschnitten. So steht es schon in der Bibel.»

«Oder ich hol den Gabelstapler und plätte sein Motorrad», sagte Hubsy und schwang die Eisenstange. Er zog den Zündschlüssel der Honda ab und steckte ihn in die Latztasche seines Blaumanns. «Den brauchst du ja jetzt nicht mehr, Sportsfreund.»

Der alte Mann sagte: «Es gibt natürlich noch eine dritte Möglichkeit. Wir rufen die Bullen an. Das ist ja schließlich unsere Bürgerpflicht. Meint ihr nicht, Jungs? Bringt uns außerdem ein paar Pluspunkte bei der Polizei ein.» Ohne Zweifel amüsierte er sich königlich. «Freie Auswahl, Sportsfreund! Du hast drei Möglichkeiten. Du bist richtig son Glückspilz. Wie hättest du's denn gern, na? Kreuzen Sie bitte das Gewünschte an, verehrter Herr Glückspilz!» Er schüttelte sich vor Lachen und patschte die großen Handschuhe wie ein Zirkusclown gegeneinander.

Die Dogge schien gespannt auf das Startzeichen zu warten. Sikora atmete Bierdunst aus, Hubsy spuckte die Zigarettenkippe an Laschecks Gesicht vorbei.

Lascheck, dem die Bronchien und die Afterschließmuskeln plötzlich zu schaffen machten, gab sich alle Mühe, die Nerven unter Kontrolle zu kriegen. Das ist doch ein schlechter Film, dachte er, die kennt man doch aus dem Fernsehen, solche Typen. Die gibt's doch nicht in echt! Ich spinne, oder ich träume.

«Du hast zehn Sekunden, Glückspilz.» Hubsy kraulte den Hund.

Was sollte Lascheck mit diesen zehn Sekunden schon anfangen! Er konnte zum Beispiel überlegen, ob er gegen die drei Männer und den Hund eine Chance zur Flucht hätte, aber ohne die Honda würde er niemals fliehen. Er konnte darüber nachdenken, ob er das aushielte, wenn sie ihm wirklich die Ohren abschnitten. Klar war ihm nur dies: daß er es nicht aushalten würde, wenn sie die Maschine kaputtmachten oder wenn sie die Polizei holten. Ohne das Motorrad war der Zentaur Lascheck nichts, und wenn ihm die Polizisten eine Anzeige verpaßten, würde er seinen Führerschein endgültig los sein. Das hatte der Richter ihm beim letzten Mal unmißverständlich angedroht.

«Boing!» sagte Hubsy. «Die Zeit ist um.»

Die sind doch verrückt! Lascheck klammerte sich am Lenker fest, als könnte die Maschine ihm Schutz geben. Hatte Hatatitla nicht Old Shatterhand aus tausend Gefahren gerettet? Nur: sein Hengst hatte einen leeren Tank und konnte ohne Zündschlüssel sowieso nicht aufgeweckt werden. «Ihr seid doch verrückt!»

Der Hund fauchte wie eine Raubkatze.

Der alte Mann, der anscheinend das Sagen hatte, streifte die Handschuhe ab und legte sie auf den Sitz der

Honda. «Ich überlege, ob er vielleicht wirklich ein Glückspilz ist. Sonntagskind. Weihnachten geboren oder so.» Er tippte Lascheck mit den Fingerspitzen gegen das Visier. «Nimm mal den Helm ab!»

Lascheck gehorchte und wischte sich die verschwitzten Haare aus der Stirn. Der alte Mann setzte sich eine Brille mit fast pfennigkleinen Gläsern auf, in denen das Neonlicht funkelte. Dann betrachtete er Laschecks Gesicht minutenlang.

«Wie kommt es, daß du pleite bist?»

Zeit gewinnen! schoß es Lascheck durch den Kopf. Er versuchte zu grinsen. «Ist nur ein vorübergehender Zustand. Der Bundeskanzler hat uns allen ja Arbeitsplätze versprochen. Selbstheilungskräfte der Wirtschaft, versteht ihr? Bald bin ich an der Reihe mit nem Arbeitsplatz. Sind nur noch knapp drei Millionen vor mir.»

«Er ist ein Witzbold», stellte Sikora fest. «Witzbold und Glückspilz. Findet man selten, diese Mischung.» Er klatschte Lascheck mit der Pranke gegen den Nierengürtel.

Lascheck merkte erstaunt, daß seine Wut plötzlich stärker war als seine Angst. «Dich treff ich bestimmt noch mal, wenn du deine Hilfsgorillas nicht bei dir hast! Dann polier ich dir die Erbse!»

Sikora und Hubsy wieherten vor Vergnügen. Die Dogge bellte hysterisch. Der alte Mann forderte, sie sollten – «Verdammt noch mal!» – die Schnauzen halten. Er schaute Lascheck nachdenklich an.

«Was hast du denn bisher so alles gearbeitet?»

«Was so anlag.»

«Kannst du nen Laster fahren?»

«Sicher», sagte Lascheck, «auch mit Anhänger.»

«Und die nötigen Fleppen hast du auch?»

Lascheck zog den Reißverschluß der Ledermontur auf. «Führerschein eins, zwei, drei. Und was jetzt?»

Der alte Mann zögerte noch, dann sagte er: «Könnte sein, daß wir einen brauchen können, der ein guter Trukker ist. Die Bedingung ist, daß er nicht viel fragt und nicht viel quatscht. Bist du vielleicht so einer?»

Lascheck pustete die Luft aus den Backen und legte den Kopf schief. «Könnte schon sein.» Ganz klar, dachte er, es ist ein schlechter Film. Die Szene ist doch nicht neu.

«Junge, Junge!» Der alte Mann kicherte. «Was du fürn Glückspilz bist! Wer hätte das gedacht!» Er faßte Laschecks Arm. «Dann komm mal mit mir ins Büro.»

«Chef», sagte Hubsy und schulterte die Eisenstange wie ein Gewehr, «Chef, bist du sicher, daß du keinen Fehler machst?»

Lascheck folgte dem alten Mann zur Montagehalle. Sikora und Hubsy blieben dicht hinter ihm. Die Bulldogge bewachte grollend die Honda. Lascheck hörte, daß auf der Landstraße ein schwerer Lastwagen vorbeifuhr.

Kommissar Picht gewöhnte sich seit Jahren das Rauchen ab und kaute darum dauernd Möhren. Er fand es zwar nicht lustig, daß die Kollegen im Präsidium ihn Kaninchen nannten, doch es konnte seine Laune auch nicht beeinträchtigen, an diesem Morgen schon gar nicht. Als er seinen Escort in der Tiefgarage parkte, kam gleichzeitig mit ihm Henk Kruse vom Sittendezernat an.

«Morgen, Kollege Kaninchen», grüßte Kruse.

«Guten Morgen, Kollege Sittenstrolch!» rief Picht fröhlich und quetschte den letzten Schnitz der Möhre in einen Mercedesstern, der zum Dienstwagen des Oberstaatsanwaltes gehörte.

«Ist das wirklich wahr», fragte Kruse, «daß euer genialer Kater ab heute wieder im Hause ist? Ich hab da was läuten hören...»

«Da haben Ihre Ohren Sie nicht getäuscht. Heute kommt der Kater zurück. Der Alltag hat ihn wieder – und wir haben ihn auch wieder.» Picht fuhr sich mit der Hand an die Gurgel und mimte Würgen, aber er freute sich natürlich.

«Sollte der nicht versuchen, aus irgendwelchen Papuas Polizisten zu machen? War wohl nix, wie?»

Picht hatte jetzt Mühe, freundlich zu bleiben. «Nein, er sollte nicht versuchen, aus irgendwelchen Papuas Polizisten zu machen. Katzbach hatte einen Lehrauftrag an einer westafrikanischen Polizeiakademie. Auf zehn Monate befristet. Aber er kommt eher zurück. Die haben da unten wohl von ihm verlangt, daß er den Kriminaldienstanwärtern Tricks beibringt und Rasterfahndung und Menschenjagd, da hat er die Brocken hingeschmissen. Er habe ein differenzierteres Bild von der Arbeit der Kriminalpolizei, hat er denen gesagt.»

«Albern!» Henk Kruse riß die Tür des Aufzugs auf. «Unsereins kriegt ja so eine Gelegenheit nicht geboten. Ich würd mich gern mal ein Jährchen unter Palmen tummeln. Ich sage Ihnen was! Der Katzbach macht sich zu viele Gedanken, der sieht das nicht locker genug.»

«Ich hab eine prima Idee, Herr Kollege!» Picht stieg ein und drückte den Knopf zur vierten Etage. «Das mit den

Gedanken, das sagen Sie nicht mir, das sagen Sie mal dem Katzbach selber. Was glauben Sie, wie der sich freut! – Also, dann hüten Sie mal schön die Sitten, ja?» Picht verließ den Fahrstuhl und ging den unfreundlichen Gang entlang, der wie üblich nach widerlichen Reinigungsmitteln stank.

Als er die Bürotür öffnete, erlebte Picht eine Überraschung. Katzbach war bereits da und hatte einen Haufen Akten vor sich auf dem Schreibtisch. Er rauchte ein schwarzes Zigarillo, und überhaupt wirkte alles so, als wäre er nie weg gewesen.

«Großer Gott!» sagte Picht. «Bist du schon da?»

Katzbach verzog den Mund zu einem kleinen Grinsen. «Erstens bin ich nicht der große Gott, und zweitens kannst du dir die blöde Frage sparen. Du siehst doch, daß ich schon da bin.» Er stand auf und drückte Picht die Hand. «Schön, dich wiederzusehen, alter Möhrenkauer! Geht es dir halbwegs gut?»

Picht lachte. «Jetzt nicht mehr. Wo ich dich sehe! Bißchen braun bist du geworden.»

«Verrat es nicht weiter, Jochen: Es kommt von der Sonne.» Katzbach pustete Picht Qualm ins Gesicht. Er zeigte auf den Schreibtisch. «Ich versuche gerade, mich ein wenig in die aktuelle Aktenlage einzulesen. Ja, und dann habe ich auch einen interessanten Brief in der Morgenpost gefunden.» Er hielt ein Blatt Papier mit maschinengeschriebenen Wörtern hoch. Eine Unterschrift hatte der Brief nicht.

«Kaum im Haus, aber er schlägt schon wieder voll zu!» maulte Picht. «Soll ich die anderen zur Frühbesprechung rufen?»

«Sicher», sagte Katzbach.

Kein großes Getöse, keine Zeremonien, keine Begrüßungsansprache. Sie wußten alle, daß Katzbach solchen Zirkus haßte, und sie respektierten das. Also flogen nur ein paar Flapsigkeiten hin und her. Kriminalrat Stumpe, der die Abteilung in Katzbachs Abwesenheit kommissarisch geleitet hatte, verabschiedete sich mit der etwas dümmlichen Bemerkung, er nehme an, daß alle froh seien, ihren Kater wiederzuhaben, doch niemand lachte. Dann berichteten die einzelnen Beamten vom Stand ihrer Ermittlungen in den aktuellen Fällen, informierten routiniert und beinahe wortkarg in ihrer Codesprache von Zwischenergebnissen, Fahndungsmißerfolgen, Kompetenzschwierigkeiten, Amtshilfebegehren, Streitigkeiten mit der Staatsanwaltschaft und geplanten Strategien. Sie spielten sich Erfahrungen und Warnungen zu und diskutierten die Einsatzpläne.

«Da ist noch etwas», sagte Katzbach. «Wir haben einen anonymen Brief bekommen, in dem...»

«Anonyme Briefe gehören in den Papierkorb!» rief Kriminalhauptmeister Lewandowski dazwischen. Er war ziemlich neu in der Mordkommission, sonst hätte er vermutlich den Mund gehalten.

Scheinbar ruhig brannte Katzbach sich ein neues Zigarillo an. Er wunderte sich immer wieder über die Beschränktheit mancher Zeitgenossen, die Redensarten und Sprichwörter zu Prinzipien erhoben und das Blabla des sogenannten Volksmundes für Lebensweisheit hielten. Wenn es sich bei diesen Zeitgenossen um Polizeibeamte handelte, dann machte es ihn zornig. «Reicht Ihre Phantasie aus, Herr Kollege, sich vorzustellen, daß sich jemand in einer Situation befindet, in der er sich nur anonym mitteilen kann, weil er vielleicht in Gefahr ist? Oder verwechseln Sie den Laden hier mit einer Zeitungsredaktion?»

Lewandowski nuschelte ein paar Wörter und rieb sich den Kinnbart. Einige kicherten. Die meisten dachten: Katzbach hat sich also nicht verändert.

Katzbach hielt den Briefbogen hoch und las den Text vor: «Wenn Roland Georgy einem Unfall zum Opfer fallen sollte, dann war es Mord.» Dann reichte er den Briefumschlag und den Brief an Kriminalmeister Degenhardt weiter. «Wahrscheinlich hat dieser Brief für uns keine Bedeutung, aber ich möchte trotzdem, daß wir in dieser Sache recherchieren.»

Picht dachte: Kater-Instinkt. Er wittert was.

Degenhardt, Experte für Schrifttypen, sagte: «Der Brief ist auf einer mechanischen Schreibmaschine getippt worden. Triumph. Uraltes Fabrikat aus den späten sechziger Jahren. Mutmaßlich Modell Gabriele. Es handelt sich um eine Reiseschreibmaschine, handlich, relativ klein. Wie Sie sehen, ist das Schriftbild zierlich. Auch damals wurde dieses Modell nicht in Büros verwendet.»

«Sagt jemandem der Name Roland Georgy etwas?» wollte Katzbach wissen.

Allgemeines Kopfschütteln. Katzbach erklärte, der Brief sei am Vortag beim Postamt Düsseldorf 32 abgestempelt worden, im Ortsteil Derendorf also.

Picht hackte inzwischen auf den Tischcomputer ein, der mit der zentralen EDV-Anlage verbunden war. «Unter den Unfallopfern der letzten achtundvierzig Stunden im gesamten Regierungsbezirk Düsseldorf taucht der Name Georgy nicht auf», sagte er.

«Gibt es Unfallopfer, die nicht identifiziert wurden?» fragte Katzbach. «Und prüf auch gleich mal, ob der Name Roland Georgy bei der Polizei gespeichert ist.»

Nach wenigen Sekunden hatte Picht die Ergebnisse. «Nix! Ist auch noch nie Kunde bei uns gewesen. Degenhardt soll mal im Telefonbuch nachschauen.»

Im Telefonbuch wurde Degenhardt zwar nicht fündig, wohl aber beim Melderegister des Einwohnermeldeamtes. Zu einem solchen Namen gab es eine Adresse in der Luegallee in Düsseldorf-Oberkassel.

Nein, Hauptmeister Lewandowski hatte wirklich nicht seinen guten Tag. Voll Eifer, seine vorlaute Bemerkung wettzumachen, schlug er vor: «Wir können ja mal schnell einen Streifenwagen vorbeischicken!»

«Warum nicht gleich GSG 9 oder eine Panzerdivision?» fragte Katzbach scharf. «Oder einen Haufen Pfadfinder?» Er überlegte wieder einmal, warum sich manche Leute so konsequent dagegen wehrten, ihr Gehirn zu gebrauchen.

Lewandowski verteidigte sich. «Aber eine Zivilstreife! Ich meine, wir könnten doch...»

Picht unterbrach ihn, denn der Computer lieferte eine neue Information, und die war merkwürdig. «Im Wald hinter Ratingen ist gestern abend ein Toter gefunden worden. Hat sich aufgehängt. Die Ratinger Kollegen haben ihn von der Feuerwehr bergen lassen. Vom Arzt wurde Suizid attestiert. Der Witz ist, daß der Mann bis jetzt noch nicht identifiziert werden konnte. Keine Papiere, keine persönlichen Gegenstände – völlig leere Taschen. Die stehen da wohl ganz schön auf dem Schlauch.»

Einen Moment dachte Katzbach über das Wort *Witz* nach, dann dachte er: Die haben einen Toten und suchen einen Namen dazu. Wir haben einen Namen, und was suchen wir? «Was für ein Arzt ist das? Ausgebildeter Pathologe?»

«Keine Ahnung», sagte Picht, «vermutlich irgendein diensthabender Unfallarzt. Ich frage nach. Soll sich ein Gerichtsmediziner...»

Katzbach hatte es auf einmal eilig. «Ja. Ein Gerichtsmediziner soll sich die Leiche anschauen. Fahrenholt, wenn's möglich ist. Und sieh zu, Jochen, daß wir in zehn Minuten fahren können.»

Picht stellte keine Fragen. Er hatte lange Jahre mit Katzbach zusammengearbeitet und kannte also dessen Arbeitsmethode wie kein anderer. Er wählte die Nummer der Telefonzentrale und ließ sich mit Dr. Fahrenholt von der Pathologie verbinden.

Die Frühbesprechung war beendet.

Vielleicht lag es an der Neonbeleuchtung, daß das Gesicht des Mannes die grünlichweiße Färbung eines Grottenolms hatte. Oder es hing mit der Gummischürze, den gekachelten Wänden und der niedrigen Temperatur zusammen. Trostloser, dachte Katzbach, kann kein Ort der Welt sein. Er folgte dem Mann zu den Schiebefächern, die in die Wand eingelassen waren. Picht war an der Tür stehengeblieben.

«Sie sind Hauptkommissar Katzbach?» fragte der Mann. Sein Blick: Den Kater hatte ich mir aber anders vorgestellt. «Mein Name ist Störicke.» Er zog mit übertriebenem Schwung die Rollbahre aus dem Wandfach. «Dies wär dann also unser Nobody aus dem Ratinger Wald. Sie bezweifeln, daß es Selbstmord war? Also, ich finde, er hat sich geradezu fachmännisch erhängt. Präzisionsarbeit, will ich mal sagen. War sofort tot. Da gibt's ja welche, die strampeln sich erst noch zu Tode, eklig geradezu. Sachen könnte ich Ihnen da erzählen, Sachen! Wie ich hörte, wollen Sie noch einen Gerichtsmediziner hinzuziehen? Völlig überflüssig, sage ich Ihnen.» Er streifte die Plastikfolie vom Gesicht des Toten. «Junger Spund noch. Knapp über zwanzig.»

Warum stellt der Typ dauernd Fragen, dachte Katzbach, wenn er keine Antworten erwartet? Er schaute in das Gesicht des Toten und war erstaunt, daß es beinahe heiter wirkte. Doch er ließ sich nicht täuschen. Wahrscheinlich hatte jemand daran manipuliert, hatte die aufgequollene Zunge in den Mund zurückgeschoben und die Kiefer zusammengedrückt. Wenn Angehörige zur Identifikation kamen, sollten sie keinen Schock kriegen. So wurde das meist gemacht. Die bräunliche Spur am Hals des Toten ließ die Struktur des Seils erkennen.

«Ist die Schlinge sichergestellt worden?» fragte Katzbach. Seine Stimme hallte in dem hohen Raum.

Störicke breitete die Arme aus. «Was weiß ich!»

So verdammt jung noch! dachte Katzbach. Es war keine Scheu, was der Anblick toter Menschen in ihm auslöste, sondern eher ein Erstaunen. Zerstörtes Leben: zu begreifen war das nicht. Und auch dieses Mal berührte ihn die Frage nach der Absurdität des Lebens. Da bauten sich Menschen dieses Kartenhaus aus Ansehen, Karriere und Wohlstand, strickten unentwegt an dieser Illusion von Schöner-Wohnen und Unvergänglichkeit, rackerten sich ab, versicherten sich gegen Lackschäden und Wassereinbrüche, richteten sich ein auf ewige Zukunft und hängten bunte Tapeten vor die Unausweichlichkeit des Sterbens. Autofahrer, die die Fahrt genossen, obwohl sie doch genau wußten, daß am Ende der Reise der endgültige Unfall auf sie wartete. Katzbach schloß sich da nicht aus, obwohl sich Tag für Tag in seine Überlegungen der Gedanke an den Tod schmuggelte. Vielleicht lag das an seinem Beruf.

Er registrierte: schmales, fast dünnes Gesicht, der Anflug eines Kinnbartes, die Augenbrauen über der Nasenwurzel zusammengewachsen, weiche, beinahe weiblich wirkende Mundpartie, dichtes schwarzes Haar, ausgeprägte hohe Stirn – ein ebenmäßiges Gesicht. Es überraschte ihn, daß die Hände des Toten ausgesprochen kräftig wirkten und Schwielen aufwiesen. Katzbach zog die Folie wieder hoch.

«Sie glauben zu wissen, wer das war?» fragte Störicke.

«Das ist keine Glaubensfrage. Wir haben eine vage Spur, und der gehen wir nach. Das ist alles.»

«Was ist denn nun mit der Presse? Da sind doch schon so Informationen über den Ticker gegangen. Und das Foto ist auch über Telefax an die Zeitungsredaktionen raus. Wer kennt diesen Mann? Das Übliche. Soll das wieder gestoppt werden?»

«Nein, soll es nicht.»

«Aber... Aber daß es Selbstmord durch Erhängen war, das steht auch in der Meldung!» Störicke blies sich ein bißchen auf, weil ihm seine Bedenken sehr wichtig vorkamen. «Ich meine, falls der Gerichtsmediziner etwas anderes feststellt, dann wäre doch...»

Katzbach winkte ab. «Gerade dann ist es sinnvoll, daß

das Wort Selbstmord in der Zeitung steht. Verstehen Sie?»

Störicke nickte, aber er verstand nicht.

«Ich brauche auch ein Foto vom Gesicht des Toten», sagte Katzbach. Er ging zur Tür zurück, wo Picht wartete und trotz der Kälte zu schwitzen schien. «Ob ich bei der örtlichen Polizeidienststelle eins bekommen kann?»

«Ich hab eins für Sie.» Störicke nahm die Schürze ab und hängte sie an einen Wandhaken. «Wann wird der Gerichtsmediziner hier auftauchen?»

Das wußte Picht. «Auf jeden Fall noch vor Mittag.»

Minuten später fuhren Katzbach und Picht über das Autobahnende auf das Mörsenbroicher Ei zu. Als er den Wagen in das Spurgewirr des Verteilerkreises lenkte, stellte Katzbach fast enttäuscht fest, daß sich außer dem Dienstfahrzeug nichts geändert hatte. Damals war es ein Peugeot gewesen, jetzt war es ein Scorpio. Aber solche Städte ändern sich nicht, da kann jemand ruhig ein paar Monate in Afrika gewesen sein: das gleiche Gewimmel der Autos, der gleiche Dreckschleier über den Straßen, die gleichen dümmlichen Reklamen auf den Plakatwänden, die gleichen hastigen Leute. Sie fuhren über die Rheinbrücke. Das Sonnenlicht überzog den toten Fluß mit Silber.

«Weißt du, daß vorige Woche wieder son halbes Chemiewerk den Rhein runtergeschwommen ist?» fragte Picht.

«Nein», sagte Katzbach, «aber es wundert mich nicht.»

«Bei Corda-Civis ist die Brühe ausgelaufen. Fast so schlimm wie damals die Sandoz-Scheiße. Die wußten noch nicht, was für ein Zeug das genau war, da tönten die zuständigen Minister schon im Chor, zu keiner Zeit habe

Gefahr für die Bevölkerung bestanden. Und die Leute glauben es denen sogar. Zum Kotzen.»

«Selbstnarkose.» Katzbach wußte, der Alltag hatte ihn wieder. Nichts hatte sich geändert, gar nichts. Er sah eine Parklücke und nutzte sie. «Es muß hier irgendwo sein.»

Es war eines jener hastig hochgezogenen Häuser ohne besondere Kennzeichen. Zwölf Namensschildchen, aber auf keinem stand der Name Georgy. Das kleine Mädchen, das auf dem Bürgersteig kniete und angestrengt eine Barbiepuppe kämmte, wußte jedoch Bescheid. «Bei dem doofen Rabe, da wohnt einer. Der ist aber nicht doof, der ist lieb. Nur der Rabe ist doof, der ist ein Zombie. Ganz oben müßt ihr klingeln.»

Siebenmal drückte Picht auf den Klingelknopf, bis endlich der Türöffner schnarrte. Einen Aufzug gab es nicht. Als sie die vierte Etage erreicht hatten, sahen sie, daß ein Greis mit einem Mausgesicht sie erwartete. Er trug einen fliederfarbenen Bademantel über dem Schlafanzug und blinzelte ihnen über den Brillenrand hinweg abweisend entgegen. Sein Gesicht wirkte schmuddelig.

Katzbach sagte seinen Namen. «Sind Sie Herr Rabe?»

«Ich kaufe nichts.»

«Wir wollen Ihnen nichts verkaufen. Wir möchten nur mal kurz mit Ihrem Untermieter reden. Herr Georgy wohnt doch bei Ihnen, ja?»

«Der ist nicht da.»

«Sie wissen nicht zufällig, wo er sich zur Zeit aufhält? Seine Arbeitsstelle...»

«Ich weiß nichts, und ich will auch nichts wissen.»

Katzbach spürte, daß hinter den anderen Türen auf der Etage die Lauscher ihre Posten bezogen hatten. Darum schob er den alten Mann mit sanfter Gewalt in seine Wohnung zurück. «Sie haben doch sicher einen Moment Zeit für uns, Herr Rabe?»

Rabe protestierte. «Ich sag Ihnen doch, daß der Junge nicht zu Hause ist! Sind Sie etwa von der Polizei?»

Wie kommt er darauf? dachte Katzbach. Hat er damit gerechnet, daß die Polizei nach Roland Georgy fragt? Oder ist das nur der ganz allgemeine Argwohn? «Was ist? Dürfen wir zu Ihnen reinkommen?» Er zeigte dem Mann seinen Dienstausweis.

Rabe gab den Weg frei. «Mein Untermieter hat am Mittwoch morgen die Wohnung verlassen. Das war sehr früh, nicht mal richtig hell ist es gewesen. Bis jetzt ist er nicht zurückgekommen. Basta, mehr weiß ich nicht. Hat er was ausgefressen?» Rabe ging auf unsicheren Beinen durch den düsteren Korridor und öffnete die Tür am gegenüberliegenden Ende. «Kommen Sie ins Wohnzimmer!»

Picht flüsterte: «Scheint ganz schön getankt zu haben!»

Der kleine Raum war mit Möbeln geradezu zugestellt. Muffig die Luft, schmierig die Platten von Tisch und Vertiko, flockiger Schmutz auf den durchhängenden Polstersesseln, Risse im Leder des Sofas, blind die Fensterscheiben: die Kulisse für eine sozialschnulzige Fernsehklamotte, sozusagen kein Klischee ausgelassen. Aber diese Wirklichkeit war nicht inszeniert, der alte Mann lebte hier. Katzbach sah auch die Dimple-Flasche auf dem Tisch. Over twelve years old. Der teure Whisky paßte nicht ins Bild.

«Sie sind sich ganz sicher, Herr Rabe, daß Sie keine Ahnung haben, wohin Roland Georgy gestern morgen gegangen sein könnte?» fragte Picht. «Sie haben nicht die leiseste Vermutung?»

Rabe streckte das Mausgesicht trotzig vor. «Ich sag doch: Ich weiß nichts, und ich will auch nichts wissen!»

Katzbach nahm das Foto aus der Jackentasche und hielt es dem alten Mann hin. «Dies ist doch Georgy, ja?»

Kaum den Bruchteil einer Sekunde hatte Rabe das Bild angeschaut, da sagte er: «Er ist also tot.» Keine Frage, kein Erstaunen, kein Erschrecken. Es war eine so sachliche Feststellung, als hätte er geäußert: Der Junge muß zum Friseur.

«Woran erkennen Sie das, daß er tot ist?» fragte Picht erstaunt.

«Wenn man so viele Tote gesehen hat wie ich, dann hat man einen Blick dafür. Da gibt es kein Vertun.» Rabe schielte begehrlich zur Whiskyflasche.

Pichts Frage war überflüssig, weil er die Antwort hätte wissen müssen, aber er fragte trotzdem. «Ach! Und wo haben Sie die vielen Toten gesehen?»

«Wo schon! Im Krieg.»

Katzbach dachte jetzt mehrere Gedanken gleichzeitig. Warum fragt Rabe nicht, auf welche Weise Roland Georgy ums Leben gekommen ist? Warum überrascht ihn der Tod seines Untermieters nicht? Warum ist er so verdammt hartherzig? Oder spielt er das nur? Das Flackern der Augen hinter den Brillengläsern, das Zittern der Hände: das besagte nichts bei einem Trinker. Was weiß Rabe und sagt es nicht – falls er etwas weiß? Katzbach versuchte, den Blick des alten Mannes einzufangen, doch der irrte immer wieder ab, richtete sich dann auf die Whiskyflasche. Plötzlich fiel es Katzbach auf, daß die vergilbte Rautentapete mit vielen Illustriertenfotos beklebt war. Sie zeigten alle das gleiche Motiv: den Mond.

Wie oft er denn noch betonen müsse, daß er von Roland Georgys Lebenswandel keine Ahnung gehabt habe, kreischte er geradezu. Er wisse nicht, ob es Verwandtschaft oder Bekanntschaft gebe, ob der Herr Untermieter einer geregelten Arbeit nachgegangen sei. Man sei sich aus dem Weg gegangen, die Miete habe Roland Georgy bar bezahlt, zu irgendwelchen Klagen sei kein Anlaß gewesen. «Damenbesuch hätte ich sowieso nicht geduldet», erklärte Rabe.

«Warum nicht?» fragte Picht.

«Aus Prinzip!»

«Prinzipien können etwas sehr Schönes sein», spottete Picht. «Sie können uns doch zumindest sagen, ob Herr Georgy manchmal für längere Zeit abwesend war. Tage oder Wochen oder so.»

«Zwei, drei Tage, das kam schon mal vor.»

Katzbach wollte wissen, ob Rabe seinem Untermieter schon einmal auf der Straße begegnet sei, ob er ihn vielleicht mit anderen Personen gesehen habe oder ob er eine Kneipe kenne, in der Georgy verkehrte.

«Wie hätte ich ihn auf der Straße sehen sollen!» Rabe kicherte nervös, und es hörte sich fast wie Schluchzen an. «Ich verlasse meine Wohnung so gut wie nie. Diese Stadt interessiert mich nicht. Ich hole mir morgens meine Zeitung rauf, das reicht mir. Ich meine: was ich da lese. Halt dich raus, sage ich mir dann. Du hast mit diesen entsetzlichen Leuten nichts zu tun.»

«Sie hassen die Menschen, Herr Rabe?»

Rabe rückte die Brille zurecht, als könnte er Katzbach dann besser sehen. «Hassen? Quatsch! Sie ekeln mich an. Erst wenn sich die Menschen gegenseitig ausgerottet haben werden, gibt es Ruhe. – Was geht es mich an, ich bin alt!» Jetzt lachte Rabe sogar.

Katzbach glaubte zu ahnen, was die Fotos vom Mond zu bedeuten hatten. Er hatte das Bedürfnis, das Fenster aufzureißen. Statt dessen zündete er sich, ohne um Erlaubnis zu fragen, ein Zigarillo an.

«Ich gebe Ihnen ein Beispiel», sagte Rabe. «Vorige Woche, die Katastrophe in der Chemiefabrik. Soll ich Ihnen verraten, was das ekligste daran war, ja? Daß überall am Rhein die Besitzer von diesen Stinkunternehmen sich ins Fäustchen lachten und ganz schnell ihre giftige Jauche auch heimlich in den Fluß kippten! War doch ne wunderbare Gelegenheit. Fiel doch gar nicht auf in dem allgemeinen Zirkus. Aber mich hat das nicht gewundert. Meine Meinung über die Menschen hab ich Ihnen ja gesagt.»

Katzbach fragte: «Haben Sie Herrn Georgy hin und wieder mal Ihre Schreibmaschine geliehen?»

«Schreibmaschine? Was reden Sie denn da? Als ob ich eine Schreibmaschine besäße! Was soll ich denn mit so nem Ding?»

«War nur so eine Frage.» Katzbach merkte, daß Rabes Verblüffung nicht gespielt war. «Bitte, zeigen Sie uns jetzt das Zimmer, in dem Herr Georgy gewohnt hat!»

Das Dachzimmer mit der schrägen Fensterwand lag am Anfang des Korridors zur Straßenseite. So winzig es war: für die spärliche Einrichtung reichte es aus. Eine Schlafcouch mit zerwühltem Bettzeug, ein schmaler Metallspind, ein Nierentisch aus den fünfziger Jahren mit einem Klavierstuhl davor, überm Heizkörper zwei Unterhosen, das Humphrey-Bogart-Poster war viel zu groß für den Raum. Dies war kein Zimmer, in dem jemand wohnen konnte, hier konnte man allenfalls übernachten. Neben dem Versandhaus-Plattenspieler mit kleinem Verstärker, dürftigen Boxen und Kopfhörern lagen Scheiben von Frank Zappa, Eric Clapton, Jethro Tull und Kate Bush. Da waren aber auch die Pfingstkantaten von Johann Sebastian Bach. Zwischen den Motorsport-Zeitschriften und Westernheftchen, die unter dem Fenster gestapelt waren, fand Katzbach einen Band mit Gedichten von Paul Celan. Offenbar als Lesezeichen hatte der Fotostreifen gedient, der in drei verschiedenen Einstellungen das Gesicht eines etwa zwanzigjährigen Mädchens zeigte. Es waren Porträtfotos, wie man sie von den Automaten in Bahnhöfen knipsen lassen kann. Katzbach steckte den Bildstreifen ein. Das war nicht viel, was er gefunden hatte, doch was sollte ein so trostloses Zimmer auch schon über einen erzählen, der wohl nur auf der Durchreise gewesen war!

Picht hatte den Metallschrank durchsucht. «Impfschein, Meldezettel, Krankenversicherungs-Police, verfallene ADAC-Mitgliedskarte. Aus. Keine Briefe, kein Geld, kein Scheckbuch oder Sparbuch. Paar Klamotten zum Anziehen.» Picht schnüffelte. «Der Geruch! Riech mal an der Jacke hier! Denkst du auch, was ich denke?»

Der Geruch ging von der Lederjacke aus. Es war die Mischung aus Schweiß, Dieselgemisch, Tabak und Leder, die der Kleidung aller Lastwagenfahrer anhaftet. «Klar», sagte Katzbach, «ich denke auch, was du denkst.»

Rabe schaute zu, als sie das Zimmer von außen abschlossen und die Tür versiegelten. Seine Fahne verriet, daß er in der Zwischenzeit Whisky getrunken hatte. «Wie lange kann das dauern?»

«Nur ein paar Tage», sagte Katzbach. «Wir schicken

noch heute jemanden von der Spurensicherung her. Wie Sie uns versicherten, sind Sie ja ständig zu Hause. Das wär's dann erst einmal. Darf ich Sie bitten, mit niemandem über unseren Besuch zu reden?»

Rabe reckte empört den Kopf. «Ich rede niemals mit anderen Leuten! Ich dachte, ich hätte Ihnen das vorhin deutlich gemacht.»

Katzbach spürte, daß der alte Mann ihnen nachschaute, bis sie die Haustür erreicht hatten. Das Mädchen kämmte noch immer die Puppe. Picht ließ sich vom Wagen aus sofort mit der Dienststelle verbinden.

Degenhardt meldete sich. «Fahrenholt läßt sagen, daß es kein Selbstmord war. Der Kehlkopfknorpel sei schon eingedrückt gewesen, man habe dem Toten nachträglich die Schlinge um den Hals gelegt, mindestens eine Stunde nach dem Exitus. Seinen Bericht will Fahrenholt auf jeden Fall noch heute rüberschicken. Sollen wir das Waldstück noch mal nach Spuren absuchen?»

«Macht das», sagte Katzbach, «die Ratinger sollen euch helfen.» Er dachte: Viel wird es nicht bringen. Die Feuerwehrleute werden den Untergrund zertrampelt haben, und geregnet hat es auch. Und wer so raffiniert einen Selbstmord vortäuscht, der verliert keine Knöpfe und wirft auch keine Zigarettenschachteln weg. Katzbach dachte auch an den anonymen Brief: Wenn Roland Georgy einem Unfall zum Opfer fallen sollte, dann war es Mord. – Es war alles ganz anders gekommen.

Als sie den Rhein in Richtung Innenstadt überquerten, sagte Picht: «Der Rabe weiß was. Da wette ich meine letzte Möhre gegen den Kölner Dom. Der könnte uns was verraten, aber er hat Angst. Darum singt der nicht!»

«Erstens singen Raben nicht», antwortete Katzbach, «und zweitens *hat* er uns etwas verraten.»

«Und warum hab ich davon nichts gemerkt?»

«Das ist eine gute Frage.» Katzbach grinste kaum merklich.

Ein Sarg aus Glas

Vor dem Haus spielten Kinder mit Skateboards und schrien albern und laut. Der Feierabendverkehr ebbte ab, darum schrillte ihr Lärm besonders nervenaufreibend zwischen den hohen Häusern der engen Seitenstraße. Jedenfalls empfand Maria das. An anderen Tagen störte das Gekreische der Kinder sie nicht sehr, aber an diesem Abend war alles anders.

Sie hatte geduscht und lag nun flach ausgestreckt auf ihrem Bett. Weil sie nur den Frotteekittel anhatte, fror sie ein bißchen, trotzdem zog sie die Steppdecke nicht über sich, und sie schaltete auch den Receiver nicht aus, obwohl sie Alexis Korners Schmirgelpapierstimme längst nicht mehr zuhörte. Seltsame Müdigkeit lähmte ihren Körper, dabei waren ihre Sinne überwach. Maria dachte: Er kommt nicht mehr. Aber was sollte sie tun außer warten?

Am Dienstag abend hatte sie Roland zum letzten Mal gesehen, bevor er zu einer neuen Tour aufbrechen wollte. Sie solle sich keine Sorgen machen, hatte er noch und noch gesagt und hatte die Hände auf ihr Gesicht gelegt. Sorgen? Hatte sie sich Sorgen gemacht? Das Wort war viel zu klein. Angst: das war das richtige Wort. Und als er dann gelacht hatte, überlaut und schlecht gespielt, da hatte sie begriffen, daß auch er sich fürchtete.

Die Zeit des Robin Hood. Maria verliebte sich sofort in ihn, als Roland auf dem Gelände erschien. Der sei der neue Fahrer, erklärten ihr die anderen. Roland wurde rot, als sie sich die Hand gaben. Ihr war klar, daß so einer nicht in die Firma paßte, denn daß hier mit gezinkten Karten gespielt wurde, daß man seltsame Geschäfte abwickelte, daß die Männer plötzlich nur in rätselhaften Andeutungen redeten, wenn sie in der Nähe war, das hatte sie schnell begriffen. Sie brauchte den Job, denn sie war lange genug arbeitslos gewesen. Also stellte sie sich naiv. Was ging das alles sie an! Die Arbeit war locker zu schaffen: ein bißchen Buchhaltung, ein bißchen Lohnabrechnung, ein bißchen Terminüberwachung, ein bißchen Formulare ausfüllen. Nur selten klingelte das Telefon, dann brauchte sie nur einen von den anderen zu rufen, denn mit ihr wollte niemand sprechen. Da war einer mit einer herrischen Stimme, der rief regelmäßig an. Sie machte sich so ihre Gedanken. Doch als Roland kam, wurde für sie alles anders.

Sie verabredeten sich schon bald. Die Abende im Big Ape, die ausgedehnten Spaziergänge in den Rheinwiesen, dann die erste Nacht in ihrer kleinen Wohnung. Zu ihm nach Hause gingen sie nie. Sie wußte nicht einmal genau, wo Roland wohnte. Als sie merkte, daß er darüber nicht reden wollte, fragte sie auch nicht mehr. Vielleicht war da etwas mit seinen Eltern – oder so.

Dann gefiel Roland sich in seiner Robin-Hood-Rolle: Outlaw gegen «die da oben». Wieso sollte er Skrupel haben? «Guck dir die Typen bei der Flick-Affäre an! Denk an den Parteispenden-Skandal! Und wie die alle gegrinst haben vor den Kameras: Kanzler, Minister, Bankiers, Großindustrielle. Die ganze Mischpoke hat fröhlich gegrinst. Kavaliersdelikte, was soll's! Und da fragst du mich, ob ich Skrupel habe, wenn ich mit den andern ein paar Dinger

36

drehe? Da bin ich doch in bester Gesellschaft, wenn ich mithelfe, das Finanzamt zu bescheißen und den Zoll auszutricksen und dem Staat ne Nase zu drehen. Ist doch ein Gesellschaftsspiel! Und spannend ist es außerdem!»

Sie hatten dazu getanzt im Big Ape, und Roland hatte Robin Hood gespielt. Später am Tisch erzählte er ihr Einzelheiten, über die sie natürlich mit niemandem reden dürfe, die sie aber doch nicht richtig verstand. Vielleicht lag es an ihrem Unbehagen, denn sie witterte die Gefahr. Roland hatte seinen Spaß, als er berichtete, wie sie der konkurrierenden Spedition einen Warenterminauftrag vermasselt hatten, um selber mit dem Grossisten ins Transportgeschäft zu kommen. Ja, und der Dreh mit dem Zoll! «Du mußt dir das so vorstellen: Für gewisse Sachen gibt es staatliche Subventionen im EG-Bereich, weil der Hersteller oder Erzeuger einen Ausgleich braucht, wenn die ausgehandelten Festpreise seine Kosten nicht decken. Das kapierst du, ja? Von solchen EG-Quoten hast du gehört, oder? Mal nur als Beispiel: Ich fahr eine Ladung subventionierten Wein ins Ausland. Aber ich bring das Zeug wieder mit zurück. Neue Plomben, neue Frachtpapiere. Angeblich führe ich jetzt Wein ein. Man braucht dazu bloß einen bestechlichen Zollbeamten in einem anderen Land. Den Wein behalten und die Subventionen kassiert. Das ist der Trick. Der Nervenkitzel ist sozusagen die Zugabe. Natürlich geht's bei uns nicht um Wein. Ich wollte dir bloß mal das Prinzip erklären.»

Sie verstand es nicht. Aber daß er keine Schuldgefühle hatte, das begriff sie. Roland erzählte ihr auch vom Deal mit dem Ponyfleisch, das aus irgendwelchen veterinärgesetzlichen Gründen in Deutschland nicht verwurstet werden durfte. Sie exportierten es nach Italien und führten es zu Salami verarbeitet wieder ein, dagegen gab es keine Bestimmungen. Roland fand das alles zum Totlachen, Maria nicht.

Sie fragte: «Wer organisiert das eigentlich? Wer gibt euch die Tips? Das ist doch nicht auf eurem Mist gewachsen.»

«Top secret», sagte Roland theatralisch und gab dann zu: «Ich weiß es auch nicht. Da ist einer mit viel Ahnung und viel Einfluß. Der managt das im Hintergrund. Ich weiß bloß, daß man nicht zu neugierig sein darf.»

Wenn Maria mit Roland zusammen war, vergaß sie das alles. In diesen Stunden stand die Zeit still. Aber wenn er dann wieder unterwegs war, wurde sie fast krank vor Angst. Zuerst hatte sie noch auf ihn eingeredet, er solle doch Schluß machen mit dem Wahnsinn. Dann wußte sie, daß es zwecklos war. Roland spielte stets sein Lachen aus. Robin Hood. «Wenn wir genug Kohle haben, zischen wir zusammen ab nach Australien.»

Die Skateboards knatterten noch immer. Maria lag bewegungslos und träumte den Wachtraum, der sie seit jenem Kindergartentag verfolgte, als man ihr zum ersten Mal das Märchen von Schneewittchen vorgelesen hatte. Sie lag in einem Sarg aus Glas und war unfähig, sich zu bewegen. Die Leute, die keine Gesichter hatten und den Sarg umstanden, wußten genau, daß sie nicht tot war, doch sie schickten sich trotzdem an, sie zu begraben. Maria schreckte mit einem Schrei hoch, dann wurde sie von einem Weinkrampf geschüttelt. Sie wußte, daß Roland nicht mehr kommen würde. Wartete sie trotzdem noch? Sie wußte es nicht genau.

Sie wußte auch nicht, was da wirklich geschehen war in der vergangenen Woche. Für Roland mußte es etwas Entsetzliches gewesen sein. Nein, er wollte nicht über sein Erlebnis reden. Aber er war außer sich, sie kannte ihn kaum wieder. Kein lachender Outlaw mehr: ein Nervenbündel plötzlich, bekam Zornanfälle und wurde Augenblicke später von Depressionen überfallen. Noch und noch quälte er sich mit Selbstvorwürfen. «Red doch endlich, Roland!» hatte sie ihn angeschrien. Doch er redete nicht. Auf keinen Fall wolle er sie in die Scheiße reinziehen, erklärte er, besser, sie wisse gar nichts. Aber für ihn sei das Faß nun übergelaufen. Solche Schweinereien könnten die mit ihm nicht machen. Schluß! Aus! Der große Abgang sei jetzt fällig.

Da hatte sie gefragt: «Lassen die dich denn so einfach aussteigen?»

«Pah! Die laß ich hochgehen, wenn die mir Schwierigkeiten machen. Wenn ich das Ding den Bullen stecke, dann...»

«Was dann?»

«Ach, laß doch, Maria! Die eine Tour noch. Ist nichts Gefährliches. Morgen früh bin ich wieder zurück. Und das war's dann.»

Das hatte er am Dienstag abend gesagt. Sie hatten noch eine Stunde zusammen im Bahnhofscafé gesessen. Dann hatte sie Roland nach Oberkassel hinübergefahren. Man werde ihn später bei seiner Wohnung abholen, das sei so ausgemacht. Wieder hatte sie an einer anderen Stelle auf der Luegallee angehalten, wieder spürte sie überdeutlich, daß sie nicht wissen sollte, in welchem Haus er wohnte. Er hatte ihr zum Abschied die Hände auf ihr Gesicht gelegt.

Sie solle sich keine Sorgen machen. Da hatte sie begriffen, daß auch er sich entsetzlich fürchtete. Er war dann schnell ausgestiegen. Im Rückspiegel hatte sie gesehen, daß er über die Gleise der Straßenbahn rannte und zur anderen Straßenseite wechselte.

Er wollte am Mittwoch morgen wiederkommen. Sie hatte wie verrückt gewartet. In der Firma wurde kein Wort über Roland verloren. Sie wußte, daß sie nicht fragen durfte. Jetzt war der Donnerstag fast vorbei, und er war noch immer nicht zurückgekommen. Maria lag noch lange überwach und erschöpft zugleich. Weit nach Mitternacht fiel sie in einen unruhigen Schlaf, aus dem sie schon beim ersten Dämmerlicht erwachte.

Alles andere vollzog sich wie von selbst. Das geschah einfach. Sie wusch sich, kämmte ihr Haar, zog sich an. Dann trank sie viel schwarzen Kaffee. Der Gedanke ans Essen verursachte Übelkeit. Maria verließ um 7 Uhr 47 das Haus und fuhr mit ihrer Ente stadtauswärts in Richtung Hösel. Die Firma erreichte sie um 8 Uhr 29.

Sikora hockte auf einem Lkw-Reifen neben der Tür zum Büro. Er hatte die Zeitung aufgeschlagen auf den Knien und winkte aufgeregt, als er Maria sah. «Er hat sich aufgehängt! Ist das nicht schrecklich?»

Da sah Maria das Foto. Als sie fiel, glaubte sie, in den Sarg aus Glas zu fallen. Dann war nur noch Leere in ihrem Kopf.

An diesem Freitagmorgen telefonierte Hauptkommissar Katzbach länger als eine Stunde. Zuerst sprach er mit dem zuständigen Beamten der Zentralen Fahndungsstelle. Siebenundzwanzig Anrufe waren auf das Zeitungsfoto und auf die Frage nach der Identität des Toten hin registriert worden.

«Ziehen wir mal die Wichtigtuer ab», sagte der Fahnder, «das sind immer dieselben. Da könnten wir getrost ein Bild von Donald Duck veröffentlichen, und sie würden trotzdem beschwören, daß es sich um ihren Nachbarn handelt oder den bösen Schwiegersohn. Jemand glaubte den Toten als Filmschauspieler aus einem Pornostreifen wiederzuerkennen, eine alte Frau meint, das sei ihr verschollener Sohn, aber der müße dann immerhin dreiundfuffzig Jährchen auf dem Buckel haben. Ein Getränkegroßhändler will ihn als den Verführer seiner minderjährigen Tochter ausgemacht haben. Ja, und dann wurden noch so allerhand Namen genannt.»

«Können Sie vielleicht zur Sache kommen?» fragte Katzbach.

Der Mann am anderen Ende der Leitung räusperte sich pikiert. «Interessant waren zwei Anrufe. In beiden Fällen wurde der Name Roland Georgy genannt. Ein ehemaliger Wehrdienstler sagte aus, der Tote sei ohne Zweifel mit ihm zusammen in Coesfeld bei den Fernmeldern gewesen, jedenfalls während der Grundausbildung. Nach seiner Kenntnis habe Roland Georgy schon damals keine Angehörigen mehr gehabt.»

«Sie haben die Adresse des Anrufers notiert?»

«Aber sicher!» Da klang Empörung mit. «Der andere Anruf war übrigens anonym. Verstellte Stimme. Taschentuch vor dem Maul oder so ähnlich. Ich kann nicht mal sagen, ob es sich um eine Männerstimme oder um eine Frauenstimme handelte. Komisch, nicht? Nuschelte bloß:

Der Selbstmörder in der Zeitung heißt Roland Georgy. Hat dann sofort eingehängt.»

Katzbach bedankte sich. «Wir lassen es vorläufig dabei, daß es Suizid war, klar? Und informieren Sie mich bitte, wenn Sie weitere Hinweise erhalten. Die Wichtigtuer können Sie weglassen.»

Katzbach freute sich, daß Lioba Steinfeld sich meldete, als er sich mit der Sonderkommission für Umweltkriminalität verbinden ließ. Er kannte sie von verschiedenen gemeinsamen Einsätzen und wußte, daß sie eine ausgezeichnete Kriminalistin war, die präzise und analytisch exakt arbeitete. Sie wußte schon, daß Katzbach seinen Afrikaaufenthalt vorzeitig abgebrochen hatte.

«Hat die Entwicklungshilfe in Sachen Polizeiarbeit keinen Sinn gemacht?»

«Sie treffen genau den Punkt», antwortete Katzbach. «Und kaum bin ich zurück, da frage ich mich schon, ob wir hier in unserer verkommenen Zivilisation nicht Entwicklungshilfe brauchen. Primitiver und perverser als unsere Profithaie kann man ja wohl mit der Menschheit nicht umgehen. Die große Zeit der Lemminge ist angebrochen. Aber ich will Ihnen nicht das Wort zum Sonntag vorlabern.»

«Sie sprechen von der Sauerei mit den Trittbrettfahrern, die die Corda-Civis-Katastrophe ausgenutzt haben, ja?» Lioba Steinfeld wartete gar nicht erst die Antwort ab. «Ich nehme an, Sie wollen wissen, wie weit wir mit unseren Recherchen sind, weil Sie an einem Fall arbeiten, bei dem Sie Berührungspunkte vermuten. Richtig?»

Katzbach verzog den Mund zu einem kleinen Grinsen. «Richtig, Frau Kollegin. Ein etwas verwirrter alter Mann namens Rabe, der vorgibt, absolut nichts zu wissen und auch nichts wissen zu wollen, hat uns möglicherweise einen heißen Tip zugespielt. Er erwähnte scheinbar angelegentlich das Problem, an dem Ihre Abteilung gerade herumkaut. Ich bin mir nicht sicher, aber ich...»

«Konnten Sie ihn nicht ausquetschen?»

«Nein. Er hat Angst, oder man hat ihn gekauft – oder beides. Sagen Sie, was genau ist das, was man hier bei uns heimlich in den Rhein gekippt hat?»

«Zyanwasserstoffsäure und Zyanidlauge. Schlimmer geht es kaum. Das Zeug fällt in Galvano- und Eloxal-Betrieben an. Großhärtereien für Metalle, verstehen Sie?»

«Muß ich das?» fragte Katzbach. Er notierte die Wörter, die ihm fremd waren. «Und wie ist der Stand Ihrer Ermittlungen? Kommen Sie an die Gangster ran?»

«Zäh», lachte Lioba Steinfeld bitter, «sehr zäh. Die Gangster mit den weißen Kragen. Da tut man sich schwer. Aber wem sage ich das! Und ein bißchen Licht am Ende des Tunnels sehen wir trotzdem schon. Zwei Betriebe haben wir ausgemacht, bei denen solches Giftzeug angefallen ist. Einen in Krefeld, einen in Mönchengladbach. Aber beide können nachweisen, daß sie ihre chemikalischen Abfälle einem seriösen Transportunternehmen zur Entsorgung übergeben haben. Gegen stattliche Honorare übrigens. Die Transportfirma heißt Rapido-Tours.»

«Und jetzt kommt's!»

«Genau. Die Rapido-Tours hat ihrerseits ein Spezialunternehmen beauftragt. Das ist in solchen Fällen durchaus üblich. Brauner + Stauffer KG in Oberhausen. Die Geschichte hat nur einen kleinen Schönheitsfehler. Nämlich den...»

«... daß es eine Brauner + Stauffer KG in Oberhausen überhaupt nicht gibt. Und alle Beteiligten schwören Stein und Bein, sie hätten nicht gewußt, daß sie reingelegt worden sind, aber das Giftzeug sind sie los, und wenn sie nicht gestorben sind, dann leben sie noch heute.»

«Amen», sagte Lioba Steinfeld. «Kann ich sonst noch etwas für Sie tun?»

«Ja, können Sie. Ich möchte heute nachmittag mal zu Ihnen rüberkommen und einen Blick in die Ermittlungsakten tun. Läßt sich das arrangieren?»

«Aber sicher, Herr Kollege. Wir stehen jederzeit zur Verfügung. Aber lassen Sie Ihre Zigarillos in Ihrem Büro. Bei uns herrscht absolutes Rauchverbot.»

Da mußte Katzbach wieder grinsen. «Sie nehmen's mit der Umweltkriminalität aber verflucht genau!»

«Worauf Sie sich verlassen können! Und was diese Geisterfirma betrifft: denen werden wir das Spuken schon austreiben. Bis später dann!»

Er wolle den Häuptling sprechen, sagte Katzbach, als sich eine gelangweilte Telefonstimme beim Gerichtsmedizinischen Institut meldete. Der sei wahrscheinlich aber nicht zu sprechen, bekam er zur Antwort.

«Der ist zu sprechen», beharrte Katzbach. «Der ist geradezu wild darauf, meine Stimme zu hören. Sagen Sie ihm, Kommissar Katzbach sei am Apparat. Alles klar?»

Allerlei Gesumme und Geklicke, irgend jemand näselte in der Leitung herum, dann polterte Professor Nelson: «Alter Kater, sind Sie's, der da stört?»

«Ja, alter Giftmischer.»

«Warum sind Sie nicht in Afrika geblieben?»

«Weil ich Sie so gern störe. Es geht um den Fall Georgy.»

«Ist mir schon klar. Sie haben mal wieder das Gras wachsen hören.» Da schwang sogar ein Hauch von Anerkennung mit. «Sie haben doch Fahrenholts Bericht. Er hat seziert, ich hab damit nichts zu tun. Warum, zum Teufel, stehlen Sie mir mein bißchen Zeit? Fahrenholt hat eindeutig Anzeichen von Fremdverschulden diagnostiziert.»

«In diesem Fall können wir das Fremdverschulden getrost Mord nennen. Und weil ich diesen Mord aufklären will, brauche ich Ihre Unterstützung. Für so etwas werden wir zwei nämlich bezahlt. Und ich schätze, Sie mögen Mörder genausowenig leiden wie ich. Punkt. Jetzt zur Sache. Frage an den Toxikologen: Können Sie veranlassen, daß Ihr Labor die Leiche und die Kleidung des Toten nach bestimmten Giftstoffen untersucht – und zwar schnell?»

«Herrlich!» schnaubte Nelson. «Richtig herrlich! Ihr Laien habt Ahnung wie die Ochsen vom Milchgeben. Im Kino, da geht das. Da kommt so ein genialer Kriminalheini im offenen Trenchcoat und mit ner Zigarette in der Schnauze angetrabt und brüllt: Einer vom Labor soll mal diese Unterhose nach Gift untersuchen! Und dann sieht man so ein Brillenkerlchen im weißen Kittel ein Reagenzglas schwenken und nach drei Sekunden die Analyse verkünden: Die chromatographische Analyse hat ergeben, daß der letzte Urinaustritt zwo komma acht Milligramm Pethidine enthielt. – Guter Mann, wir Chemiker müssen genau wissen, *wonach* wir suchen sollen!»

«Laut gebrüllt, Löwe, aber gar nicht so gut. Sie wissen,

daß ich schon ein paar Jährchen in diesem Job tätig bin. Also behandeln Sie mich nicht wie einen Deppen. Ich sage Ihnen, wonach Sie suchen sollen. Zyanwasserstoffsäure und Zyanidlauge. Ich halte es für nicht unwahrscheinlich, daß man Spuren davon nachweisen kann. Ist das präzise genug?»

Professor Nelson nuschelte Grobheiten. Das war ein altes Spiel zwischen Katzbach und ihm. Jeder wußte vom anderen, daß er auf seinem Gebiet ein Profi war, und darum respektierten sie sich. Und dann lachte Nelson wie ein Gockelhahn.

«Hören Sie, Katzbach, ich habe noch ein Bonbon für Sie! Fahrenholt wird es Ihnen noch schriftlich geben, aber ich sag es Ihnen schon mal vorweg. In der Halsbeuge der Leiche wurde eine Fettspur festgestellt mit einem Fingerabdruck, und der stammt nicht von diesem Georgy selbst. Na, jauchzt da Ihr Polizistenherz?»

«Polizisten haben kein Herz», sagte Katzbach, «das wissen Sie doch. Trotzdem: dickes Dankeschön für die Nachricht. Bei besagter Fettspur handelt es sich vermutlich ganz schlicht um Motoröl. Oder ist Ihnen der Begriff zu unwissenschaftlich?»

«Banause!» knurrte Nelson.

«Selber Banause.»

Sie verabschiedeten sich. Katzbach saß minutenlang bewegungslos und starrte die Wand an. Im Aschenbecher kokelte das Zigarillo vor sich hin. Dann kam Picht herein und kaute geräuschvoll seine Möhre. Das riß Katzbach aus seinen Gedanken.

«Kann ich mal den Autopsiebericht sehen?» fragte Picht.

Katzbach zeigte auf einen grauen Aktendeckel. «Es ist nur ein vorläufiger Bericht. Fahrenholt schiebt noch etwas nach. Sie haben im Labor einen Fingerabdruck fixiert. Auf der Haut. Scheint übrigens noch nicht ganz klar zu sein, auf welche Weise Roland Georgy erwürgt wurde.»

Picht warf den Möhrenrest in Katzbachs Aschenbecher. «Da! Mal ne gesunde Kippe. Ich schätze, wir hätten den ollen Rabe etwas stärker unter Druck setzen sollen. Manche Leute müssen härter angefaßt werden, bis sie die Zähne auseinanderkriegen.»

Unter Druck setzen: Katzbach mochte solche Redensarten nicht. «Sollen wir ihm die Fußsohlen rösten? Oder wie stellst du dir das vor?» Dann wechselte er sprunghaft das Thema. «Den Leuten in der Ausbildung pauken wir das alte Detektiv-Evangelium ein: Wer?-Was?-Wo?-Wie?-Wann? Ich sage dir, Jochen, die entscheidende Frage heißt immer: Warum? Das ist die Kardinalfrage. Nur ist das leider keine Frage für Polizisten. Einen merkwürdigen Beruf haben wir!»

Picht war ein bißchen auf Ärger aus, weil ihm Katzbachs Überlegungen unbehaglich waren. «Henk Kruse von der Sitte meint, du machtest dir zu viele Gedanken, du sähest das nicht locker genug.»

«Henk Kruse ist ein Arschloch», sagte Katzbach. «Und wir sind zwei ausgesprochene Penner. Wir hätten mit dem Kind reden sollen.»

Picht schaute verständnislos. «Vielleicht redest du mal so, daß selbst ich das verstehe. Was für ein Kind?»

«Was für ein Kind wohl! Das kleine Mädchen, das die Puppe gekämmt hat. Das Mädchen hat gesagt: Bei dem doofen Rabe, da wohnt einer. Der ist aber nicht doof, der ist lieb. Nur der Rabe ist doof, der ist ein Zombie... Warum sagt das Kind, daß Roland Georgy lieb war? Was weiß das Kind über ihn? Was hat das Kind gesehen?»

«Heiliger Nick Knatterton! Daß du das alles behalten hast! Was willst du jetzt machen?»

«Mit dem Mädchen sprechen.»

Er wußte, daß der Volvo ihm Schwierigkeiten machen würde. An solch ein Schiff muß man sich erst gewöhnen. Die paar Lastwagen, die Lascheck bisher gefahren hatte, waren leichter und kürzer gewesen. Vor allem mit der Druckluftbremse, die beim Antupfen schon voll griff, hatte er seine liebe Not.

Sie saßen zu dritt im Führerhaus. Lascheck schwitzte. Aber denen würde er schon zeigen, was für ein Kaliber von Trucker er war! Erst mal die Vibrationen der schweren Kiste aufnehmen, erst mal richtig in den Gängen rühren, erst mal die Maschine zum Brüllen bringen und den Sound spüren. Entweder ist man ein guter Fahrer, und dann kann man im Grunde vom U-Boot bis zum Space Shuttle praktisch alles fahren, oder man ist bloß so ein Sonntagskutscher für den Hausgebrauch ohne das wirkliche Gefühl für Motoren, und dann soll man die Finger von solchen Brummern lassen. Lascheck wußte, daß er ein guter Fahrer war. Eine Viertelstunde noch, höchstens eine Viertelstunde noch, dann würde denen das Grinsen vergehen.

Lascheck dachte: Den alten Mann habe ich verdammt unterschätzt. Er ist der King und hat die Autorität. Ich muß Müll im Hirn gehabt haben, daß ich ihn so unterschätzt habe. Säbelbeine, Stirnglatze: da läßt man sich leicht täuschen. Die andern nannten ihn Chef. Seinen richtigen Namen wußte Lascheck noch nicht.

Hubsy war der dritte Mann im Wagen. Sehnig, drahtig, von mittlerem Alter, aber nicht genau einschätzbar: ein Typ, wie man ihn längst zu kennen glaubt, aus dem Kino vielleicht, vom Sportplatz. Helle Augen wie Paul Newman, der Ausdruck von Spott um den schmalen Mund herum konnte auch vom dauernden Zigarettenpaffen kommen. Lascheck hatte Hubsy auf Anhieb nicht gemocht.

Vom Verteilerkreis Hösel aus waren sie nach Nordosten in Richtung Kettwig gefahren. Der Chef gab die Route an. Am Kettwiger Esel könne Lascheck beweisen, daß er tatsächlich eine große Nummer am Steuer sei. Die Serpentinen mit den Haarnadelkurven gäben als Teststrecke was her. Und daß sie für die Spezialeinsätze nur einen Top-Mann gebrauchen könnten, habe man ja wohl deutlich genug gesagt. Also!

Lascheck kannte den Esel. Mit der Honda war er viele Male vom Ruhrtal aus die Spitzkehren hinaufgedonnert, und beim Hinunterrasen hatte er mit dem Knie den Straßenbelag berührt, so schräg hatte er gelegen. Warum sollte er diese Straße nicht auch mit dem Volvo locker schaffen! An die Bremse gewöhnte er sich allmählich. Heller Mischwald flog vorbei, Sonnenstrahlen gleißten in den Schmutzschlieren der Windschutzscheibe, Lascheck nahm leuchtend gelbe und rote Blumen im Gras der Randbankette wahr, die Reifen sangen geradezu auf dem glatten Straßenbelag. Lascheck atmete tief durch. Langsam wich der Druck.

«Das Pedal ganz rechts», sagte Hubsy bissig, «das ist das Gaspedal.»

«Laß ihn doch!» tadelte der Chef. «Er soll nicht gleich so schnell brettern. Was wir uns am wenigsten leisten können, das sind Unfälle. In jeder Beziehung! Das solltest du am besten wissen, Hubsy!» Dann legte er die Hand auf Laschecks Arm. «Mach man weiter so, Junge! Du schaffst dich schon ganz schön rein. Nur keine Panik. Und Vorsicht am Berg!»

Vorsicht am Berg! Allmählich wurde Lascheck sauer. Erst labern sie davon, daß sie ihn in den Serpentinen testen wollen, und dann muß er sich solche Predigten anhören! Er sah zwar im Außenspiegel, daß der helle Mercedes zum Überholen ansetzte, doch darauf nahm Lascheck keine Rücksicht. Es ging bereits abwärts. Das Warnschild mit den Gefälle-Prozenten konnte ihm nicht mal ein müdes Lächeln entlocken. Er schaltete in den dritten Gang runter und gab dem Volvo gleichzeitig die Sporen. Der Motor brüllte auf, das war Musik in Laschecks Ohren. Zwar konnte er die Gesichter der Männer neben sich nicht sehen, aber er hätte seinen Blinddarm darauf verwettet, daß die käsebleich waren. Lascheck ließ sozusagen die Löwen los. In den spitzen Kehren jammerte die Karosserie, doch er hatte inzwischen genug Gespür für das Bremssystem, daß die Räder nicht blockierten. Gellendes Getute, aufblitzende Lichthupen, Warnschreie der beiden Männer: da stand Lascheck eiskalt drüber. Und so erreichten sie die Uferstraße an der Ruhr.

«Horrortrip!» stöhnte Hubsy. «Wo hast du eigentlich fahren gelernt?»

«Beim Bund.»

«Kamikazeeinheit?»

Da kicherte Lascheck: «Sanitätsdienst.»

Der Chef hatte eine Straßenkarte aus der Innentasche seiner grünen Leinenjacke gezogen und hielt sie sich dicht vor die Brille. «Richtung Heiligenhaus. An der Kreuzung rechts.»

«Ich kenn mich aus», sagte Lascheck.

«Das ist uninteressant. Fahr jetzt genau die Straßen, die ich dir angebe. Und fahr langsamer, wir sind zu früh dran.»

«Zu früh? Für was?»

«Haben wir dir nicht gesagt, du sollst keine Fragen stellen?» Hubsy nebelte mit seiner Ungefilterten das Führerhaus ein. «Mach einfach, was wir dir sagen. Dann kriegst du auch keine Kopfschmerzen.»

Lascheck krallte sich wütend am Lenkrad fest. Daß er so mit sich reden ließ! Der Magen rebellierte. Da waren auch wieder die ersten Anzeichen von Atemnot. Lascheck atmete in flachen und schnellen Zügen. Er sah ein weißes Schiff flußabwärts fahren, sah Segelboote in Massen, sah Sportangler oberhalb der Eisenbahnbrücke im Schilf stehen. Das Wahnwitzige dieses schönen Bildes drang in sein Bewußtsein. Die Leute angelten um die Wette, wogen und maßen die Beute, dann warfen sie die Fische zurück ins Wasser, denn eßbar waren die längst nicht mehr. Als Lascheck die Seitenscheibe runterkurbelte, hörte er Kirchenglocken. Der Chef fuchtelte mit dem Finger vor seinem Gesicht herum und zeigte nach links.

Es war nur ein Landwirtschaftsweg, notdürftig geteert und so schmal, daß die Birkenzweige am Blech schrappten. Eigentlich war der Volvo für den Belag viel zu schwer.

Sie rollten an Maisfeldern vorbei und durch einen dichten Fichtenforst. Dann kamen sie an einen großen Wendekreis, in dessen weichen Boden offenbar Holztransporter tiefe Furchen gewühlt hatten.

«Anhalten!» befahl der Chef. «Motor aus! Aussteigen!»

Verwirrt kletterte Lascheck aus dem Wagen. Er sah, daß der Chef sich ein CB-Funkgerät umgehängt hatte. Hubsy trug einen länglichen Gegenstand, der in eine Ölfolie eingewickelt war. Was wollen die mit mir machen? fuhr es Lascheck durch den Kopf. Sein Mund war so trocken, daß er nicht schlucken konnte. Der süßliche Waldduft benebelte ihn fast. Die beiden Männer eilten weiter auf den Rand des Gehölzes zu.

«Nun komm schon!» forderte Hubsy.

Lascheck lief hinterher. Er spürte dumpfes Klopfen hinter den Schläfen, und plötzlich schwitzte er auch wieder. Der Chef und Hubsy kauerten sich im Ginstergestrüpp nieder und machten ihm durch Zeichen klar, daß Lascheck es auch so machen solle. Der Chef schaute angestrengt auf seine Digitaluhr, das Sprechfunkgerät war auf Empfang geschaltet. Hubsy wickelte die Folie von dem Gegenstand. Es war ein Gewehr. Das hatte Lascheck aber schon geahnt, darum überraschte es ihn nicht. G-3-Bundeswehrknarre: so eine Waffe war ihm nicht fremd.

Sie hockten und redeten nicht. Dicke Hummeln summten, grünliche Fliegen setzten sich ihnen auf die Haut. Daß der Vogel, der melodiös über ihnen schlug, eine Amsel war, wußte Lascheck nicht. Er starrte den Hang hinunter. Tief unter ihnen schlängelte sich eine Landstraße, die nur spärlich befahren wurde. Auf der jenseitigen Böschung blühte Holunder. In der Einflugschneise zum

Düsseldorfer Flughafen schwamm silbern ein Jet vor dem graublauen Himmel, das Pfeifen der Triebwerke mischte sich in das Gezirpe der Grillen.

Lascheck biß sich auf die Unterlippe. Er wußte genau: Hubsy wartete darauf, daß er Fragen stellte, um sich dann wieder sagen lassen zu müssen, Neugier sei nicht erwünscht. Dieses Spöttergesicht! Dieses Scheißspöttergesicht! Sie saßen fast eine Viertelstunde. Lascheck wischte sich die nassen Hände an den Jeans ab.

Dann knackte es im Funkgerät. Der Chef fuhr hoch, als hätte ihn ein Stromstoß getroffen. «Wir sind auf Position! Was ist? Kommt er? Die Zeit ist schon...»

Die Quäkstimme schnitt ihm das Wort ab. «Er erreicht jetzt Kilometer siebzehn. In zwei Minuten ist er auf eurer Höhe. Achtung jetzt! Und macht bloß keinen Fehler. Ende!»

Der Chef legte das Gerät weg und richtete sich ein wenig auf. Wie ein Raubvogel spähte er ins Tal hinunter. Hubsy brachte geradezu gemächlich die Waffe in Anschlag. Ihm schien das alles Spaß zu machen.

Sie hörten den Sattelschlepper schon röhren, bevor er zwanzig Sekunden später, klein wie ein Kinderspielzeug, aus dem Buchenwald rollte. Die Straße stieg nun an. Sie hörten, wie der Fahrer Zwischengas gab und runterschaltete. Auf dem riesigen Container stand in großen, roten Blockbuchstaben BOSSE-TRANS-EURO. Hubsy schoß zweimal.

Lascheck dachte: Das ist alles nicht wahr! Er sah, wie das Fahrzeug plötzlich wie verrückt schlingerte und durch die Büsche pflügte. Reifengummi fetzte durch die Luft, die Bremsen schlugen pfeifend an, irgend etwas knirschte ohrenbetäubend. Dann schob sich der Wagen wie in Zeitlupe von der Straße und kam, seltsam verwinkelt, in der Bachwiese zum Stehen. Der Container riß aus der Halterung und kippte vom Fahrgestell.

«Mahlzeit», sagte Hubsy und hob die Geschoßhülsen auf.

«Saubere Arbeit!» feixte der Chef.

Lascheck schüttelte sich wie ein nasser Hund und schrie, als er wieder halbwegs klar denken konnte: «Seid ihr wahnsinnig? Euch haben sie doch ins Hirn geschissen! Ihr... ihr hättet ihn umbringen können! Ihr...»

«Schnauze!» zischte der Chef und zog Lascheck mit sich ins Unterholz zurück. «Mußt du wie son Idiot brüllen?»

«Wenn der Lastzug umgekippt wär, der hätte explodieren können!»

«Kohl!» Hubsy grinste böse. «Du redest Kohl, Junge! Hast doch gesehen, wie prima er den Brummi geparkt hat. Trucker sind tolle Hechte, hast du uns doch vorhin selber bewiesen. Jetzt mach dir bloß nicht ins Hemd! Daß wir keine Ministranten sind, das hast du vorher gewußt.»

«Da steig ich aus! Mit so miesen Touren will ich nichts am Hut haben. Was zuviel ist, also... Ich bin ja nicht pingelig, aber wenn's in regelrechte Verbrechen ausartet...» Lascheck fand die richtigen Wörter nicht.

Der alte Mann faßte Laschecks Arm und grub die Finger so heftig in den Bizeps, daß Lascheck in die Knie ging. «Willst du nichts mit am Hut haben? Aber bei uns Sprit klauen, da findest du nix bei, wie?»

«Das kann man doch nicht vergleichen!»

«Kann man nicht?» Hubsy fixierte Lascheck mit seinen Wassermannaugen. «Das sehen wir aber ganz anders. Und damit du klarsiehst: Du steckst jetzt mit drin.»

«Darum haben wir dich nämlich mitgenommen», kicherte der Chef.

Sie hatten den Volvo erreicht. Wie in Trance stieg Lascheck ein. Hubsy verstaute das Gewehr hinter der Sitzbank und steckte sich wieder eine Zigarette an. Der Chef schob das CB-Gerät ins Kartenfach. Lascheck wunderte sich über sich selbst, daß er widerspruchslos den Wagen startete und in einer großen Schleife auf den Wirtschaftsweg zurücksteuerte. Das Stampfen der starken Maschine beruhigte ihn mehr und mehr. Sie hatten die Uferstraße erreicht, als Lascheck fragte: «Kann ich vielleicht mal erfahren, was der Scheiß zu bedeuten hatte? Das war doch nicht bloß aus Jux. Oder wie seh ich das?»

«Hatten wir nicht ausgemacht, daß du keine Fragen stellst?» Hubsy pustete Qualm in Laschecks Gesicht.

«Laß man gut sein, Hubsy», sagte der Chef. «Er kann's ruhig wissen, damit er das Prinzip begreift. Dann weiß er auch gleich, auf welche Weise er seine Löhnung verdient.» Der Chef rieb sich nervös das Kinn. «Das war eine Auftragsarbeit, Junge. Wir sind ein Dienstleistungsunternehmen!»

«Warum versteh ich das wohl nicht?» Lascheck gewann zumindest einen Teil seiner Selbstsicherheit zurück. «Vermutlich ging's doch um die Ladung, oder? Was ist denn in dem Container drin? Heiße Ware für Hongkong? Oder Sprengköpfe für den Iran?» Er staunte über seine Keßheit, doch er wußte natürlich, daß er auf diese Weise wie üblich seine Furcht zu betäuben versuchte.

«Hähnchen», lachte Hubsy, «da sind gefrorene Hähnchen drin in dem Container! Ist das nicht komisch?»

Der Chef erklärte es wie ein Bilderbuchlehrer. «Es geht um ein Termingeschäft. Das Haltbarkeitsdatum verlangt, daß die Flattermänner bis Montag gefressen sein müssen. Morgen ist der letzte Tag, zu dem sie noch verkauft werden können. Und morgen ist langer Samstag. Da haben sich die Fritzen von so einer norddeutschen Großmarktkette gesagt: Das Risiko gehen wir ein, die schmeißen wir mit Wucht auf den Markt und verhökern sie zum Sensationspreis am verkaufsoffenen Samstag in unseren Filialen. Und da könnten sie ja auch noch einen schönen Schnitt mit machen, mit den Dingern. Denn kurz vor dem Verfallsdatum gibt so ein Hersteller die Hähnchen für ein Butterbrot ab, weil er wahrscheinlich gar nicht mehr damit gerechnet hat, daß er die ganze Ladung überhaupt noch los wird. Das kriegst du doch in dein Köpfchen rein, Junge, hä?»

«Sicher», sagte Lascheck, «aber was sollte die Ballerei?»

«Er ist leicht behämmert», sagte Hubsy böse.

Der Chef schien das überhört zu haben. «Die Ladung muß Punkt fünfzehn Uhr in Osnabrück im Zentrallager der Großhandelskette sein, sonst wird sie nicht mehr abgenommen, und das Geschäft platzt. Glaubst du, daß die Hähnchen um fünfzehn Uhr in Osnabrück sind?»

«Blöde Frage!» schnaubte Lascheck. «Jetzt natürlich nicht mehr.»

«Wie erstaunlich schnell unser Junge lernt!» höhnte Hubsy.

Lascheck dachte: Wenn ich jetzt unsere Karre auch in den Graben setzte, dann würde dieser Armleuchter aber schön aus der Wäsche peilen. Der kommt noch runter von seinem hohen Roß! Solche Typen hab ich sowieso gefressen. Er fragte: «Wer ist denn so stark daran interessiert, daß das Geschäft in den Eimer geht?»

«Unser Auftraggeber. Wer denn sonst? Erstens möchte er, daß die Konkurrenz schadensersatzpflichtig gemacht wird, weil sie den Termin nicht einhält, den man vertraglich vereinbart hat, und außerdem noch ne satte Konventionalstrafe latzen muß. Und zweitens, also, zweitens möchte unser Auftraggeber, daß diese Großhandelskette mit seinem Transportunternehmen in Zukunft solche Lieferverträge abschließt, weil die Konkurrenzfirma nicht zuverlässig ist – wie wir gesehen haben!» Der Chef lachte, bis er einen Hustenanfall bekam und sein Taschentuch vollrotzte.

«Der Mann, der über das CB-Gerät vorhin den Sattelschlepper gemeldet hat, war das der Auftraggeber?» Lascheck legte den zweiten Gang ein, weil es nun den Kettwiger Esel aufwärts ging.

«Jetzt fragst du wirklich zuviel», sagte Hubsy kalt.

Den Rest des Rückweges schwiegen sie. Hubsy schaltete das Radio ein. Auf WDR 4 sendeten sie das *Potpourri der guten Laune*. Das schien ihm zu gefallen, da summte er mit. Ein Haus in Havanna wartet auf dich, ein Haus überm blauen Meer ...

Als sie das Werksgelände in Hösel erreichten, war es kurz vor Mittag. Sikora, der Kleiderschrank, kam ihnen aus dem Dunkel der Montagehalle entgegen. Er hielt eine Zeitung in der Hand.

«Kaffee fertig?» rief der Chef.

«Heute gibt es keinen Kaffee», antwortete Sikora, «Maria ist nicht da. Sie hat sich flachgelegt, als sie das Foto gesehen hat. Hier!» Er schlug die Zeitung auf und patschte mit öligen Fingern auf das Bild. Dann sagte er dröhnend laut, so daß auch Lascheck es deutlich hören konnte: «Der Roland hat sich aufgehängt!»

«Was? Das gibt's doch gar nicht!» Hubsy ließ das Kinn runterkippen und starrte das Zeitungsfoto an. «Da leck mich doch einer am Arsch! Ist das denn wirklich der Roland?»

«Wer soll das denn sein?» fragte Lascheck.

«Hat früher mal hier gearbeitet», nuschelte Sikora. «War gewissermaßen dein Vorgänger.»

Lascheck spürte plötzlich einen Juckreiz am ganzen Körper.

Der Chef fragte Sikora: «Und Maria? Wie war das?»

«Ihr ist flau geworden. Zack, weggetreten. Ich wollte schon nach nem Krankenwagen telefonieren, da kam sie aber wieder auf die Beine. Ist dann zu ihrem Töff gegangen. Ich sag noch: Mädchen, in dem Zustand kannst du doch nicht selber fahren. Aber sie ist eingestiegen – naja, und losgefahren. Hoffentlich ist sie gut zu Hause angekommen. Ihr ist es verflucht in die Hacken gegangen. Aber geheult hat sie nicht.»

«Also gibt es keinen Kaffee», sagte Hubsy, «es sei denn, unser Neuer kocht welchen.» Dann, überlaut, zu Sikora: «Er ist übrigens ein erstklassiger Fahrer.»

Lascheck sagte: «Klar, ich koch Kaffee.» Und dachte: Man hängt sich doch nicht so einfach auf! Warum tut denn einer so was? Er schaute sich sehr lange das Foto an.

Der Frau war das alles sichtlich unangenehm. Sie nahm Katzbachs Dienstausweis mit spitzen Fingern, als könnte sie sich daran verbrennen. Über Hausbewohner rede sie nicht gern, eigentlich wisse sie ja auch nichts, das Kind könne garantiert auch nichts sagen. Der junge Mann von oben sei immer ausgesprochen freundlich, fast zu freundlich, denn die Barbiepuppe, die habe *er* dem Kind geschenkt. «Wenn fremde Männer kleinen Mädchen Puppen schenken, dann muß man ja wohl aufpassen wie ein Luchs. Damit will ich aber nichts gesagt haben.»

«Sie brauchen sich keine Sorgen mehr zu machen», sagte Katzbach, «Herr Georgy ist tot.»

«Herr des Himmels! Ein Unfall?»

Katzbach wich aus. «In gewissem Sinne schon. Haben Sie das Foto in der Zeitung nicht gesehen?»

«Ich lese grundsätzlich keine Zeitung. Aber daß der tot sein soll! Das ist ja gar nicht zu fassen. So ein junger Mensch noch. Und lebenslustig, wie der war!»

«Lebenslustig? Können Sie das ein bißchen erklären, Frau Gutjahn? Wie machte sich das bemerkbar? Bekam er viel Besuch? Ging er häufig aus? Haben Sie ihn mit Freunden und Freundinnen gesehen?»

«Wo denken Sie hin!» Frau Gutjahn wehrte heftig ab. «Das weiß ich alles gar nicht. Es war mehr – wie soll ich sagen ... Seine Art, ja, es war seine Art. Er hatte immer einen flotten Spruch drauf, wenn er im Treppenhaus grüßte, und er pfiff vor sich hin, hüpfte geradezu die Stufen runter. Da merkte man richtig, daß er Spaß am Leben hatte. Was soll ich Ihnen sagen: Der hat es sogar geschafft, daß sich dieser Muffel vom vierten Stock, dieser Rabe, also, daß der sich bisweilen von ihm auf ein Bier in irgendeine Kneipe einladen ließ. Das will was heißen, sage ich Ihnen! – Aber daß der nun tot sein soll, das kann ich überhaupt nicht fassen.»

Katzbach dachte an den verwirrten Herrn Rabe. Daß der ganz stark mauerte, das war längst klar. Hatte Rabe etwas zu verbergen? Oder war die erste Vermutung richtig, daß er Angst hatte oder bestochen war? Auf jeden Fall schien er Gründe zu haben, nicht zuzugeben, daß er gewisse Kontakte zu seinem Untermieter gehabt hatte und offenbar auch manches über ihn wußte. «Haben Sie Roland Georgy mal mit irgend jemandem zusammen gesehen? Außer mit Herrn Rabe natürlich. Im Haus, auf der Straße, in einem Geschäft.»

«Nein, niemals.»

«Haben Sie ihn vielleicht mal in einem Fahrzeug gesehen? Wenn er hier beim Haus abgeholt wurde oder von einer Reise zurückkam?»

Frau Gutjahn schüttelte den Kopf. «Sie sagen es meiner Tochter aber nicht, daß Herr Georgy tot ist! Das möchte ich auf keinen Fall. Das würde das Kind total überfordern.»

«Keine Sorge», sagte Katzbach. «Kann ich jetzt mit Ihrer Tochter sprechen?» Er schaute in das Gesicht der Frau und ergänzte: «Selbstverständlich in Ihrer Gegenwart.»

Frau Gutjahn führte Katzbach ins Kinderzimmer. Das Mädchen lag bäuchlings auf dem Teppich und ruderte mit Armen und Beinen. Aus Stühlen und Tüchern hatte es sich eine Höhle gebaut. Die Barbiepuppe saß neben einem ausgefransten Teddy unter einem Pippi-Langstrumpf-Poster auf dem Bett. Auf der Fensterbank stand ein völlig veraltetes Aquarium, dessen Umwälzpumpe laut blubberte. Die Fische – Katzbach glaubte rote Schwertträger zu erahnen – hingen dicht unter der Wasseroberfläche.

«Sigrid, Besuch!» rief Frau Gutjahn. «Erinnerst du dich? Den Mann hast du gestern schon gesehen. Er möchte dich etwas fragen.»

«Ich kann aber nicht sprechen», erklärte das Kind. «Ich bin doch im Aquarium drin. Seht ihr nicht? Ich bin ein Fisch.»

«Sei nicht albern», sagte Frau Gutjahn.

Katzbach sagte: «Fische können aber nicken, nicht wahr? Nicken und den Kopf schütteln. Den Roland Georgy, den kennst du, ja? Das hast du uns gestern gesagt. Und daß er lieb ist.»

Der Fisch nickte eifrig.

Katzbach ging in die Knie und hielt dem Mädchen den Paßbildstreifen vor die Augen. «Hast du diese junge Frau schon mal gesehen? Überleg mal ganz fest!»

Der Fisch schüttelte den Kopf.

«Das ist die Freundin von Roland Georgy.»

Da war der Fisch plötzlich kein Fisch mehr. Sigrid sprang auf die Füße und nahm Katzbach den Fotostreifen aus der Hand. «Er hat mir gar nicht gesagt, daß er eine Freundin hat.» Das klang trotzig. «Die mag ich nicht leiden!»

«Aber gesehen hast du sie ganz bestimmt noch nie?»

Das Mädchen zog sich die grüne Strumpfhose bis unter die Arme. «Noch nie, noch nie, noch nie! Eh-ren-wort!» Sie gab Katzbach den Bildstreifen zurück. «Da!»

Frau Gutjahn schaute sich interessiert das Gesicht auf den kleinen Fotos an. «Hübsch. Blauschwarzes Haar und der Teint: was Romanisches, tippe ich mal.»

«Könnte gut sein.» Katzbach steckte den Fotostreifen ein und wandte sich wieder dem Mädchen zu, das unruhig auf der Stelle trippelte, als müsse es ganz dringend pinkeln. «Hast du den Roland Georgy denn schon mal zusammen mit jemand anderem gesehen? Mit einem Mann oder einer Frau?» Und als das Kind unentwegt den Kopf schüttelte: «Oder mit einem Auto?»

Sigrid legte den Kopf schief. «Warum fragst du ihn denn nicht selber, was du von ihm wissen willst?»

«Das geht im Moment nicht, weil er auf einer ganz langen Reise ist», sagte Katzbach und hatte ein schlechtes Gefühl dabei. Er haßte es, Kindern die Unwahrheit zu sagen. «Also, was ist mit einem Auto?»

Das Mädchen hob vier Finger hoch. «So oft hab ich das Auto gesehen. Er ist immer ausgestiegen, und dann ist das Auto wieder losgebraust.»

«Das hast du dir aber gut gemerkt! Und wer hat das Auto gefahren?»

Sigrid patschte sich die Hände gegen die Backen. «Konnte ich doch nicht sehen. Das Auto hat immer auf der anderen Straßenseite gehalten. Ganz weit weg.»

«Was für ein Auto war das denn?»

Frau Gutjahn schaltete sich ein. «Wie soll Sigrid das denn wissen! Meinen Sie, die kennt alle Automarken? – War es ein großes Auto, Sigrid?»

«Ein kleines. Ein ganz, ganz grünes.» Das Mädchen lief zu dem niedrigen Tisch, kniete sich hin und begann mit den Buntstiften rasch und konzentriert zu malen. Zwei, höchstens drei Minuten waren vergangen, da hielt sie Katzbach das Bild hin.

Katzbach war verblüfft. «Ein Deux chevaux!»

«Nein», widersprach Sigrid energisch, «eine Ente!»

Katzbach mußte lachen. «Klar, eine grüne Ente. Du bist eine tolle Malerin, Sigrid. Aber was ist das da, das Schwarze auf der Autotür? Das kann ich nicht erkennen.»

«Dann bist du dumm», entschied Sigrid. «Das ist doch Obelix! Kennst du Obelix nicht?»

«Doch», sagte Katzbach, «kenn ich. Ich hätt ihn auf deinem Bild natürlich sofort erkennen müssen. Den hast du dir aber nicht ausgedacht, den Obelix? Der ist wirklich drauf auf der Autotür?»

Sigrid nickte. «Die ganze Tür ist voll Obelix.» Sie zeigte es mit den Armen. «So groß ist der Obelix auf der Ente.»

«Ich finde das prima, daß du mir soviel erzählt hast. Danke schön, Sigrid. Ich muß jetzt wieder gehen.» Dann hatte Katzbach noch einen plötzlichen Einfall. «Ob du mir das Bild wohl schenkst?»

Wortlos reichte das Kind ihm das Zeichenblatt und war dann sofort wieder ein Fisch. Frau Gutjahn brachte Katzbach zur Tür. Sie fragte noch einmal, ob Roland Georgy wirklich tot sei, sie könne sich das nämlich noch immer nicht vorstellen.

Katzbach dachte: Man kann sich den Tod auch nicht vorstellen. Da war er aber bereits auf der Straße und ging langsam die Luegallee hinunter auf die Rheinbrücke zu. Nach der langen Abwesenheit war er besonders sensibilisiert und konnte die Autoabgase sogar mit der Zunge schmecken. Von einem Telefonhäuschen aus rief er Picht an. «Nimm erst mal die Möhre aus dem Mund! Und dann gib an alle Polizeireviere durch, daß wir einen grünen 2 CV suchen, der . . .»

«Wahnsinn, da gibt's doch Hunderte von!»

«Ob du mich vielleicht mal ausreden läßt? Der grüne 2 CV hat zumindest auf der linken Seitentür einen ziemlich großen Obelix aufgeklebt. Du hast kapiert? Obelix. Diese Comic-Figur. Dieser wildschweinfressende fette Gallier.»

«Vielen Dank, Herr Lehrer! Aber ich seh nur so gaga aus. Außerdem besitze ich sämtliche Asterix-Bände. Und warum suchen wir diese grüne Ente?»

«Weil wir dann vielleicht an eine Kontaktperson kommen. Ich denke, das Auto ist auffällig genug. So ein Vehikel fällt selbst einem Polizistenauge auf. Aber die Brüder sollen keinen Mist bauen! Ich will nur wissen, in welcher Straße die Ente manchmal abgestellt wird. Kennzeichen an uns durchgeben und die Finger davonlassen. Alles roger?»

«Hoffentlich wird das kein Flop. Was ist, wenn das Töff aus Gelsenkirchen stammt oder aus Buxtehude?»

«Dann haben wir mit Zitronen gehandelt, Jochen. Ich geh zunächst mal davon aus, daß es in Düsseldorf oder Umgebung gemeldet ist.»

«Woher weißt du das mit dem grünen Auto eigentlich?»

«Von Sigrid natürlich. Von wem denn sonst?»

«Wer ist denn Sigrid?»

«Eine gefährliche chinesische Geheimagentin.»

«Affe! Kommst du jetzt zurück ins Präsidium?»

«Es kann noch ein bißchen dauern», antwortete Katzbach, «der Affe geht nämlich zu Fuß. Ende.» Er hängte den Hörer ein und brannte sich ein Zigarillo an.

Vor der Oberkasseler Brücke bog Katzbach von der Straße ab und ging zu den Rheinwiesen hinunter. Die kahlen Stellen im Gras ließen darauf schließen, daß vor nicht langer Zeit wieder einmal eine Kirmes stattgefunden hatte. Der Boden war vom Regen der vergangenen Tage tief und matschig, aber Katzbach machte sich nichts daraus. Er mochte diesen Blick zum Rathausufer hinüber, obwohl dies das Standardpanorama für die kolorierten Touristenpostkarten war. Schloßturm, Lambertikirche, im Hintergrund das bildbeherrschende Thyssenhochhaus. Dieses Altstadtgewimmel, diese Sträßchen voll Kneipen, voll Nepp, voll Lärm: die längste Theke Europas. Aus der Ferne zumindest war es ein schönes Bild. Katzbach dachte: Wie kann man eigentlich solch eine Stadt gern haben? Und dann ging ihm eine Zeile aus einem alten Beatles-Song durch den Kopf. On the corner is a banker with a motorcar ... «Und das war's dann auch», sagte er halblaut und schüttelte die Sentimentalität des Heimkehrers ab. Er ermittelte in einem Mordfall und hatte keine Zeit, den Schiffen zuzuschauen. Katzbach überquerte die Brücke und mischte sich hinter der Kunstakademie in das Gewimmel der Passanten.

Eigentlich hatte er überhaupt keinen Zweifel, daß das grüne Auto dem Mädchen mit dem blauschwarzen Haar und dem dunklen Gesicht gehörte.

Sieben rote Brummer

Erst am Nachmittag stellte sich der Schmerz ein. Die Zeit vorher – Minuten? Stunden? Tage? – war einfach abhanden gekommen, hatte eigentlich nicht stattgefunden. Wie sie zu ihrer Wohnung gefahren war, vor dem Spiegel gesessen hatte, absolut ohne Gefühl gewesen war: das war gar nicht ins Bewußtsein gedrungen. Das war ein Kälteschlaf gewesen, in dem man sich außerhalb der Zeit befindet. Sie mußte zwischendurch Milch getrunken haben, denn das gebrauchte Glas stand auf dem Tisch. Der Schmerz, ein körperlicher Schmerz, der hinter den Augen stach, weckte sie auf. Maria dachte das Wort *Freitod*.

Dann verließ sie das Haus und ging scheinbar zielstrebig durch den Hofgarten auf die Wege am rechten Rheinufer zu, die sie oft mit Roland gegangen war. Es geschah mechanisch, nichts nahm sie wahr, schon gar nicht die blühenden Büsche, das Entenvolk auf den künstlichen Teichen und die Touristen, die sich gegenseitig fotografierten. Die spritzenden Wasser am Grünen Jungen, das Blaskonzert am Ende der Königsallee, die lachenden Feierabendgänger, die sich auf das Wochenende freuten: Maria registrierte das nicht. Sie paßte nur auf, daß sie nicht mit anderen zusammenstieß. Das Wort Freitod hatte unter dem Foto gestanden. Sie dachte: Das ist ein schönes Wort, aber was hat es mit Roland zu tun? Roland ist jetzt nicht mehr da. Sie mußte versuchen, zuerst einmal das zu begreifen. Natürlich gelang es ihr noch nicht.

Das war jetzt die Stunde der Balltreter, der wetzenden Hunde, der Walkman-Tänzer. Sonniger Mainachmittag in den Rheinwiesen, im Hintergrund die Theodor-Heuss-Brücke. Meet nice people. Bring all of your cousins too. Da gab es doch sicher zweisprachige Prospekte vom Verkehrsverein. On the banks of the Rhine. The Mannesmann skyscraper. Und die Radschläger nicht vergessen. Maria wunderte sich sehr, daß ihr solche Wörter einfielen. Sie setzte in merkwürdig leichtem Rhythmus Fuß vor Fuß und wich der Hundescheiße aus. Junge Männer, die in Rudeln herumstanden, pfiffen ihr nach. In fast regelmäßigen Abständen tuteten Schlepper.

Die weißen Bänke waren besetzt, aber Maria hockte sich ohnehin ins Gras, weil Roland und sie das immer so getan hatten. Den Wind spürte sie, die Sonnenstrahlen nicht. Dann kam ein Soldat ohne Kopfbedeckung, der war ziemlich angetrunken. Er zupfte eine Gänseblume ab und legte sie Maria in den Schoß.

«Soldaten bilden die unterste Stufe der menschlichen Existenz», sagte er. «Hat Büchner gesagt. Kennen Sie Georg Büchner?» Und als Maria keine Antwort gab, redete er hastig weiter. «Da macht man sich doch seine Gedanken. Gott und Teufel sind sowieso dieselbe Person. Können Sie alles vergessen. Ratten, verstehn Sie? Wir sind alle Ratten. Die Welt ist ein Rattenkäfig. Die Außerirdischen machen ihre Experimente mit uns und lachen sich kaputt. Ist ja auch zum Lachen. Aber Büchner sollten Sie lesen, da kapieren Sie... Wollen Sie meine Adresse haben?»

«Bitte», sagte Maria, «ich möchte gern allein sein.»

«Wie Sie wollen, schöne Frau.» Der Soldat knallte die

Hacken zusammen und fiel dabei fast um. «War ja mal bloß ne Frage.» Er ging weiter und dirigierte mit ausholenden Bewegungen ein unsichtbares Orchester.

Maria blinzelte in die Sonne. Dies war die Stelle, an der Roland und sie zum ersten Mal von Australien geredet hatten. Sie erinnerte die Sätze Wort für Wort. Roland hatte gesagt: Australien. Alice Springs. Wir kaufen uns einen Monstertruck und machen ein Transportunternehmen auf. Dann brausen wir quer durch das endlose Land. Du bist mein Co-Pilot, Maria! Sie hatte geantwortet: Wir können doch nicht nur im Auto wohnen. Wir müssen auch ein Zuhause haben. Roland hatte laut gelacht: Wir werden ein weißes Haus haben irgendwo am Strand. Zuerst kaufen wir uns Surfbretter und später ein Segelschiff. Aber auf die Haie muß man verdammt achten. Die sind geil auf Menschenfleisch. Da hatte sie gesagt: Dann wollen wir lieber ein Haus in den Blauen Bergen haben oder am Broken Hill. Davon hab ich mal einen Film gesehen. Wir könnten Emus züchten oder Koalas. Roland hatte dann einen neuen Vorschlag: Wir schürfen nach Smaragden! Darüber konnten sie aber nicht mehr sprechen, weil es zu regnen begonnen hatte, bis auf die Haut waren sie naß geworden, als sie lachend zu ihrem Wagen gerannt waren. Das war tausend Jahre her. Robin Hood war tot.

Maria wußte das jetzt, aber sie verstand es noch nicht. Was sie vor allem wußte: daß Roland sich nicht selber das Leben genommen hatte. Jemand war für seinen Tod verantwortlich. Also mußte sie den finden. Das war jetzt am wichtigsten. Die Frage, wer sich nun um Rolands toten Körper kümmerte, war ihr zu fremd, als daß sie sie denken konnte. Sie strich mit den Fingern durch das Gras und zerpflückte dann das Gänseblümchen, bis nur noch ein gelber Fleck in ihrem Handteller zu sehen war. Als sie sich erhob, wurde ihr schwindelig. Luft, Wasser, Wolken und Landschaft rotierten in Schlieren um sie herum, dazwischen zitterte die Sonne. Erst nach Minuten stand das Karussell still. Maria ging zum Ufer hinunter und ritzte mit dem Finger Rolands Namen in den Sand. Dabei brach der Nagel ab.

Das taube Gefühl hielt an. Maria hatte Mühe, die Lippen zu bewegen. Da waren Gedichtzeilen in ihrem Kopf, die sich nicht verscheuchen ließen, doch sie konnte sie nicht flüstern. Los pájaros nocturnos picotean las primeras estrellas, que centellean como mi alma cuando te amo. Als Kind hatte sie geweint, wenn sie solche Worte hörte, jetzt konnte sie aber nicht weinen.

Maria kam im Dunkeln in ihre Wohnung zurück. Sie kaute ein Stück Brot, um die Lähmungen im Gesicht loszuwerden. Lange überlegte sie, ob sie einen Brief schreiben sollte. Sie dachte dann aber: Das wär doch ganz falsch! Jetzt wär das doch ganz falsch! Hatte sie denn nicht ihre eigenen Pläne? Sie saß bewegungslos auf dem Stuhl am Tisch und dachte angestrengt nach.

Lascheck ließ die Hengstmaschine jubeln. Er mußte sich das Hirn durchpusten. Ein bißchen dicke hatte es ihm zugesetzt in den letzten Tagen. Und wenn das alles so plötzlich und unerwartet geschieht, muß man sich den alten Müll aus dem Schädel blasen, um wieder einigermaßen klar denken zu können. Fast spielerisch überholte Lascheck eine Autokolonne und ließ mächtig die Pferde frei.

Das seidige Grün der Birken huschte vorbei, die Chaussee schien anzusteigen bis in den Himmel. Das gefiel Lascheck, da konnte er durchatmen. Er raste in die Hügellandschaft des Westerwaldes hinein und hatte keine Ahnung, wo genau er sich befand. Es war auch völlig gleichgültig. Er hatte Geld, der Tank war voll, die Straße war frei. Lascheck sah neben sich seinen lächerlich lang verzerrten Schatten über die Weide huschen. Der Ritter von der traurigen Gestalt: Träume im Kopf, besessen von Mut, kampfbereit für die Sache der Gerechtigkeit. Wo hielt sich der Drache versteckt?

Aber so einfach war das alles natürlich nicht. Sie hatten ihm satten Vorschuß gegeben. So ein Päckchen Scheine in der Brusttasche fühlte sich gut an. Das war lange her, daß er über mehr als Münzen verfügte. Gerade noch war er der Gefangene dieser seltsamen Typen gewesen und hatte voll in der Falle gesteckt, da hatten sie ihn schon zum Komplicen gemacht. Jetzt steckst du mit drin! Wir kennen deinen Namen, wir kennen deine Maschine, wir wissen, wo du wohnst, und wir haben dich in der Hand. Peng. Hatten sie ihn in der Hand?

Hubsy hätte mit seinen Scheißschüssen den Lastwagenfahrer umbringen können. Wer mal so einen Vierzig-Tonnen-Truck unterm Hintern gehabt hat, der weiß, daß die Hölle losbricht, wenn solch ein Trumm außer Kontrolle gerät. Der Fahrer hatte unwahrscheinliches Glück gehabt. Nein, Lascheck war nicht zur Polizei gegangen. Der Gedanke, daß ausgerechnet einer wie er zur Polizei gehen sollte, kam ihm verrückt genug vor. Aber was haben die mit mir vor? dachte Lascheck. Am Mittag hatten sie ihm einen völlig harmlosen Auftrag gegeben. Eine

Fuhre Schalbretter mußte er vom Rheinhafen nach Velbert kutschieren. Jedenfalls hatten sie ihm gesagt, daß es sich um Schalbretter für Brückenbauer handele. Ihm war's egal. Einen Laster zu fahren, war das denn nicht ein Traumjob? – Also einfach keine Fragen stellen? Lascheck wußte, daß sich das Unbehagen nicht verscheuchen ließ. Sie seien keine Ministranten, hatten sie gesagt. Das hatte er ja auch nicht erwartet. Aber wie weit würden sie wirklich gehen? Dem Hubsy war alles zuzutrauen, der Chef war in Wirklichkeit gar nicht der Chef, Sikora war zu dumm, ein Loch in den Schnee zu pinkeln, doch das konnte natürlich auch täuschen. Was war mit dem Mädchen, das die Büroarbeit machte und ohnmächtig geworden war? Und warum hatte sich da einer aufgehängt, der mal für die Firma gefahren war? Solche Fragen rotierten in Laschecks Kopf, während die Maschine bergan jauchzte. Lascheck machte sich ganz klein und genoß das Zentaurengefühl. Die Frage, wer denn da im Hintergrund die Fäden zog, wurde unwichtig. Wichtig war, das Hirn durchzupusten, die Fragen auszuwischen, den Motor zu spüren und sich an der Geschwindigkeit zu besaufen.

Lascheck las Ortsschilder und vergaß sie wieder: Rennerod, Westernohe, Oberrod, Mademühlen... In dieser Gegend war er noch nie gewesen. Hier schienen Häuser zu verfallen und Wiesen zu versteppen. Das fand er schön. Als er an einem schilfgesäumten Weiher entlangdonnerte, dachte er: Eine Weile spiel ich das Spiel mit, und sofort wenn die Knete reicht, bin ich up, up and away. Australien fiel ihm ein. «Da sahnst du locker ab, Junge!» schrie er gegen den Fahrtwind. Hühner stoben von der Straße.

Inzwischen war Lascheck froh, daß er einfach losgefahren war, um für sich zu sein. Zuerst hatte er noch gezögert und überlegt, ob er nicht besser zur Clique nach Altenessen fahren sollte, um mit denen ein Wochenende lang ordentlich einen draufzumachen. Mit Schotter in der Tasche wäre er der King. Doch er entschied sich anders. Da spielte auch ein Anflug von Geiz eine Rolle. Hörstken und Robbe schuldete er einen Haufen Geld und dem Tankwart und dem Wirt vom Mausegatt auch. Er hatte jetzt ein paar Scheine und wollte sie für sich behalten. Seit die Kiste mit Helga nicht mehr lief, war Lascheck auch gar nicht mehr so wild auf die Clique. Er hatte es von den nymphomanen Roruppzwillingen erfahren, daß Helga zwischendurch mit Schönling Manni schlief, weil sie scharf war auf seine Pot-Bestände. Das hatte Lascheck schlimm zugesetzt.

Ob ich morgen in die Pfalz hinüberfahre? überlegte Lascheck. Schalke hatte ein Spiel auf dem Betzenberg gegen Kaiserslautern. Die hatten ja was gutzumachen, die Brüder, nach der Schlappe gegen Borussia Dortmund. Andererseits wußte Lascheck aus Erfahrung, daß es im Fritz-Walter-Stadion immer teuflisch eng war, da standen sie doch wie die Sardinen. Und wenn dann der große Zoff losging, wenn er dann wieder in Atemnot geriete? Das passierte in letzter Zeit immer häufiger. Lascheck dachte: Ich hab ja Zeit satt, ich kann es mir noch zehnmal überlegen!

Allmählich legten die bewaldeten Berge Schatten über das Land. Die Autos fuhren mit Licht. Lascheck wurde von einer angenehmen Müdigkeit befallen. Er ließ die Honda nun langsam tuckern. Melkzeit. In den Ställen muhten Kühe. Die Dörfer in der Ferne wurden zu flimmernden Weihnachtsbäumen. An einem Bildstock, der wie ein Marterpfahl aufragte, lenkte Lascheck die Maschine in einen Waldweg hinein, der offenbar nur von Forstfahrzeugen befahren wurde. Als der Boden zu tief schien für das Motorrad, stieg Lascheck ab und wuchtete die Honda hinter aufgeschichtetes Holz. Er nahm den Helm ab und stakste steifbeinig ein paar Schritte. Der Geruch von Moos und Farn drang ihm in die Nase und löste einen Niesreiz aus. Da riefen auch Nachtvögel aufgeregt, weil sie den Eindringling entdeckt hatten. Lascheck bemühte sich, ein Wort zu finden für das, was er empfand. Beklemmung war nicht das richtige Wort. Er dachte: Fremdheit, ist es das?

Langsam gewöhnten sich die Augen an die Düsternis. Lascheck kramte zwei kalte Koteletts, ein Gummibrötchen und einen Sechserpack Bierbüchsen aus den Packtaschen und aß und trank im Stehen. Das Geraschel im Laub verwirrte ihn, Großstädter, der er war, aber es machte ihm keine Angst. Er hätte gern geraucht, doch er wußte, daß ihm dann vom Husten die Luftröhre brennen würde. Er ging zum Waldrand und stand dort länger als eine Stunde. Später schnallte er den Schlafsack vom Gepäckträger und legte sich in einer Mulde voller Buchenlaub zum Schlafen hin. Bilder von südlichen Inseln, von Sonne und Wärme und Sandstränden spukten in seinen Gedanken, aber er entlarvte sie als Bacardi-Rum-Reklame. Das war schon ein Halbtraum, als er im Truck durch Australien rollte, ein Lastzug mit vielen Anhängern war das, rollte, röhrte, dröhnte – die Geräusche überschlugen sich. Vorn am Wagen war ein seltsames Metallgestell ange-

bracht, das hieß Büffelabweiser. Man konnte ja den Lastzug nicht zum Stehen bringen, wenn mal eine Schar halb-
wilder Rinder die Piste kreuzte.

Zuletzt dachte Lascheck noch: Ich hätte die Stiefel aus-
ziehen sollen.

Kommissar Katzbach hatte erwartet, daß der Mann ungehalten reagierte. Er ließ ihn erst einmal toben und hielt
den Telefonhörer weit von sich. Mit Cholerikern hatte er
noch nie Schwierigkeiten gehabt. «Ihrer Kollegin – wie
war noch der Name?»

«Steinfeld.»

«Ihrer Kollegin Steinfeld habe ich doch nun dick und
breit alles ausgesagt, was ich zu dieser Sache weiß. Ich
fühle mich doch selber düpiert! Glauben Sie denn, es ist
mir angenehm, derartig ausgefragt zu werden? Wie stehe
ich denn da?»

«Ich weiß es nicht», sagte Katzbach sanft.

«Ach, Sie nehmen das wohl nicht ernst?»

«Doch», antwortete Katzbach, «ich nehme das sehr
ernst.»

«Meine Reputation als Unternehmer, mein gesell-
schaftlicher Ruf...»

Katzbach unterbrach. «Das meinen Sie also! Ich hatte
jetzt mehr an die Zyanidlauge gedacht. Mir scheint, Sie
verteilen die Gewichte ein bißchen falsch. Ich bin zur Zeit
an der Aufklärung eines Verbrechens mehr interessiert als
an Ihrer Reputation.»

«Das muß ich mir doch nicht bieten lassen! – Wie war
noch Ihr Name?»

«Katzbach.»

«Ich werde mich an geeigneter Stelle über Sie beschweren, Herr Katzbach. Darauf können Sie sich verlassen. Unterschätzen Sie meinen Einfluß nicht! Ich habe Zugang zu Kreisen...»

«Auch Ihr Zugang zu Kreisen interessiert mich nicht, Herr Zantopp. Ich will nur ganz schlicht wissen, ob es Ihnen recht ist, daß ich Sie in einer halben Stunde besuche, um ein paar Dinge mit Ihnen zu besprechen. Und sagen Sie mir bitte nicht, daß Sie meiner Kollegin alles schon dick und breit ausgesagt haben, denn das haben Sie mir schon gesagt. Also?»

«Aber es ist Samstag!»

«Das ist mir nicht neu.»

«Die Firma ist geschlossen!»

«Ich will nicht mit der Firma sprechen. Ich will mit Ihnen sprechen, Herr Zantopp. Kurz nach elf könnte ich bei Ihnen sein. Sind Sie jetzt in Ihrer Firma?»

«Nein, ich bin zu Hause. Wenn die Telefonzentrale nicht besetzt ist, landen alle Gespräche automatisch in meiner Privatwohnung. Also, kommen Sie, wann Sie wollen. Ich will mir nicht nachsagen lassen, ich sei in dieser betrüblichen Affäre nicht kooperativ gewesen, obwohl ich den Sinn dieser neuerlichen Befragung nicht sehe. Es ist ein verklinkerter Bungalow gegenüber dem Geschäftsareal. Sie können ihn nicht übersehen.»

Katzbach legte den Hörer auf und bemühte sich, nach der Sprache und der Stimme des Mannes ein grobes Persönlichkeitsbild von Zantopp zu entwerfen. Es gelang ihm nicht. Er stellte sich den Mann als silberhaarig, fett und eitel vor. Zu mehr reichte es nicht. Während der Fahrt

nach Unterrath hinaus hörte Katzbach sich den Polizei-
funk an und stellte mit leichtem Erstaunen fest, daß sich
die Redensarten ein wenig geändert hatten. Schon von
sehr weit sah Katzbach die Hallen der *Rapido-Tours*, denn
die Reklameschrift auf dem Dach schien kirchturmhoch.
Die Buchstaben waren Computerlettern nachempfunden,
und bei Dunkelheit leuchteten sie vermutlich.

Nein, zu übersehen war Zantopps Bungalow in der Tat
nicht. Ausladend und geschmückt das Haupthaus mit ge-
schmiedetem Portal, kupfernen Kutscherlaternen und
bleiverglasten Rundfenstern zur Straßenseite. Das Dach
war mit nachempfundenem Schiefer gedeckt, ein Kunst-
schmied hatte bei der Umzäunung des Ziergartens offenbar sein Lebenswerk vollbracht. Essigbäume, Edeltannen
und Pampasgras waren nach exaktem Muster auf dem Rasen verteilt, und der gewaltige Außenkamin für die Gar-
tenparty fehlte ebensowenig wie der Swimmingpool.

Das Haus hatte zu den Seiten hin Ausbauten und Mäu-
erchen und Terrassen, an Spalieren rankten Rosen.

Der Mann, der wie auf ein Stichwort aus dem Haus trat
und Katzbach entgegenging, wurde von zwei champa-
gnerfarbenen Windhunden eskortiert. Er war nicht silberhaarig, sondern dunkelblond; nicht fett, sondern schlank
wie ein Dressman; eitel aber wohl hochgradig, denn von
der Messerschnittfrisur über den hellblauen Freizeitlook
bis zu den beigen Ziegenlederslippern wirkte alles an ihm
gestylt. Ob die Bräune vom Skifahren auf Gletscherpisten
oder vom Solarium stammte, konnte Katzbach nicht erkennen. Die dümmliche Redensart «im besten Mannes-
alter» fiel ihm ein. Zantopp streckte leutselig die Hand
aus. Die Hunde schauten artig zu.

«Ganz ansehnlich, Ihre bescheidene Hütte», sagte Katzbach. «Wollen Sie meinen Ausweis sehen?»

«Aber ich bitte Sie, Herr Katzbach! Sehen Sie, ich habe mir Ihren Namen gemerkt. Jaja, das Anwesen ist recht ansehnlich. Es wurde auch schon in verschiedenen Zeitschriften vorgestellt.» Zantopp zeigte mit gespreizten Händen zu den Hallen hinüber. «Mein Arbeitsbereich! Auch ganz ansehnlich. Finden Sie nicht?»

«Beeindruckend», sagte Katzbach. Er sah die sieben roten Lastwagen, die auf dem Firmenhof geparkt waren, adrett ausgerichtet wie Soldaten beim Strammstehen. Der Rapido-Tours-Schriftzug schimmerte in Silbermetallic. «Das ist also Ihre gesamte stolze Flotte. Respekt!»

Zantopp lächelte geschmeichelt. «Jawohl, meine gesamte Flotte. Meine sieben Riesenzwerge. Und sie ist ausgelastet, meine Flotte. Das will in diesen Zeiten etwas heißen. Mein Transportunternehmen genießt einen ausgezeichneten Ruf, will ich mal sagen. Und darum ist es mir scheußlich unangenehm... Aber das können wir doch im Haus erörtern. Darf ich Sie bitten, Herr Katzbach? – Pardon, ist eigentlich der Dienstgrad ein Bestandteil Ihres Namens?»

«Nein», sagte Katzbach, «der Dienstgrad ist ganz und gar kein Bestandteil meines Namens. Er bezeichnet nur eine Funktion. In dieser Funktion bin ich jetzt hier. Dienstlich also.»

Zantopp nuschelte etwas und ging mit den Hunden voraus über den Fußweg, der mit grauen und weißen Basaltsteinen gepflastert war: So schreitet der durchtrainierte Sportsmann aus, der dynamische Unternehmer, der elegante Weltbürger. Katzbach hatte dieses Bild schon tausendmal gesehen, und es verlor nichts von seiner Lächerlichkeit. Und als er dann in die Wohnhalle kam, diese innenarchitektonisch gestaltete Landschaft mit den Knautschledersitzgruppen und antiken Kerzenständern und den Leuchtobjekten an den genau richtigen Stellen, mit den modischen Grafiken und Tigerfellen und langläufigen Reiterpistolen an den Wänden: da mußte Katzbach unwillkürlich an die Schickimicki-Kriminalfälle aus dem Fernsehen denken, in denen immer solche gigantischen Wohnzimmer vorkommen, weil man da die Kameras so gut aufstellen kann. Er ließ sich in einen Sessel sinken, lehnte Zantopps Zigaretten ab und brannte sich ein Zigarillo an, schaute sich die Inszenierung an, die Frau Zantopp – löwenmähnig, auf äußerst hohen Hacken und in seidigem Homedress – nun abspulte, und nippte auch am Kir Royal. Dann kam er zur Sache.

«Herr Zantopp, ich weiß, was Sie den Leuten vom Sonderkommissariat zu Protokoll gegeben haben. Mich interessieren ein paar Einzelheiten. Wie war das genau mit dieser ominösen Spezialfirma Brauner + Stauffer, die es gar nicht gibt? Wie sind Sie mit denen in Kontakt gekommen? In den Akten steht, daß Sie, wie es offenbar gang und gäbe ist, den Auftrag für die sachgerechte Beseitigung hochtoxischer Chemieabfälle übernahmen und dann ein Subunternehmen beauftragten. Sie mußten diese Spezialfirma doch kennen, wenn Sie...»

Zantopp winkte ungehalten ab. «Bitte, nicht schon wieder! Das hab ich doch schon zehnmal erklärt. Ich habe in unserem Branchenreport, dieses Blättchen erscheint wöchentlich, inseriert. Welche Spezialfirma ist in der Lage – und so weiter. Daraufhin meldete sich ein Vertreter dieser

Oberhausener Firma, von der wir nun wissen, daß es sie nicht gibt. Erst der Anruf, daß ein schriftliches Angebot offeriert werde, dann der Brief mit Firmenkopf und allem Pipapo. Dieser Originalbrief liegt den Polizeiakten bei, wie Sie wissen. Ich habe dann, man rief mich wieder an, und es war die gleiche Stimme, telefonisch den Auftrag erteilt und die Adressen der Krefelder und Mönchengladbacher Eloxal-Betriebe genannt, wo man in meinem Auftrag die Fässer abholen sollte. Das ist dann geschehen. Das Fahrzeug hatte, wie mir meine Geschäftspartner versicherten, den Firmenaufdruck, das gelbe Warnschild – naja, da machte alles einen seriösen Eindruck. Die Frachtpapiere wurden ausgestellt. Und dann . . .»

«Was war dann?»

«Das ist es ja gerade! Dann habe ich nichts mehr von dieser Scheinfirma gehört, bis die Polizei bei mir auftauchte, und da erfuhr ich, daß unterhalb von Kaiserswerth Zyanwasserstoffsäure und Zyanidlauge in größeren Mengen in den Rhein gekippt wurden. Da erst wurde mir klar, daß man den guten Ruf meiner anerkannten Firma schamlos mißbraucht hat.»

«Jetzt müssen wir mal ganz präzise werden», sagte Katzbach. «Was macht Sie so sicher, daß es sich bei dieser Giftbrühe um jene Chemieabfälle handelte, die bei Ihren Vertragspartnern in Krefeld und Mönchengladbach abgeholt wurden? Fest steht doch nur, daß Zyan- und Zyanidabfälle in den Fluß geschüttet wurden, und zwar heimlich und ohne jeden Zeugen. Es gibt doch in Nordrhein-Westfalen noch Dutzende anderer Firmen, Großhärtereien der unterschiedlichsten Sorten, bei denen ebensolche Abfallprodukte anfallen.»

«Was mich so sicher macht?» Zantopp trank sein Glas leer und griff nach den Köpfen der Windhunde. «Also... Was mich so sicher macht? Aber das ist doch nicht meine Idee! Die Polizei kam doch zu mir und hat... Ihre Leute haben mir doch unterstellt...»

Katzbach hob die Hand, um anzuzeigen, daß er diese Gedankenkette nicht weiter verfolgen wollte. «Gehen wir mal von der Hypothese aus, das Zeug stammt von Ihren Kunden. Inwiefern hat denn dann diese obskure Oberhausener Firma den guten Ruf Ihrer Rapido-Tours mißbraucht? Ich sehe da keine Logik. Nutznießer der ganzen Angelegenheit sind doch bisher nur Sie.»

Zantopp sprang vom Sofa auf, und die Windhunde gingen in Habtachtstellung. «Das ist doch eine Ungeheuerlichkeit! Das wird Folgen für Sie haben! Ich werde kriminell hintergangen, und Sie erzählen mir hier seelenruhig, ich sei Nutznießer dieser gottverdammten Schweinerei!»

Katzbach nahm jetzt keine Rücksicht mehr. Er war es satt, um den heißen Brei herumzuschleichen und Small talk zu veranstalten. «Ich rekapituliere mal die Fakten, ja? Unterbrechen Sie mich, wenn ich mich irre. Sie haben von besagten Galvano- und Eloxal-Betrieben den Auftrag angenommen, die Giftabfälle zu beseitigen. Sie haben diesen Betrieben Ihre Rechnung geschickt und mutmaßlich auch kassiert. Diese Pseudofirma aus Oberhausen, diese Brauner + Stauffer KG, die wird Ihnen unter den gegebenen Umständen ja wohl kaum eine Rechnung offerieren können. Also haben Sie ohne jede Gegenleistung Ihren Schnitt gemacht. Es sei denn, Sie hätten dieser Tarnfirma bereits per Vorkasse Geld gegeben. Haben Sie das?»

«Aber nein! Das ist ja unter seriösen Geschäftsleuten

wohl kaum üblich. Ich kann nachweisen, daß von meiner Seite keinerlei Zahlung erfolgt ist. Auf was wollen Sie eigentlich raus?»

«Es ist nur ein Gedankenspiel.» Katzbach legte die Kippe seines Zigarillos in die Onyxschale. «Ich möchte, daß Sie das nicht mißverstehen. Ist es denkbar, daß Sie jetzt jemanden erpressen könnten oder andererseits erpreßbar wären?»

Zantopps Hals schwoll an. «Muß ich mir diese Ungeheuerlichkeiten bieten lassen? Das ist doch . . .»

«. . . nur ein Gedankenspiel.» Katzbach dachte: Das Wort Ungeheuerlichkeit scheint ihm zu gefallen, er gebraucht es schon wieder. Als Katzbachs Blick für eine Sekunde von dem silbernen Uhrwerk gefangen wurde, das dekorativ unter einem Glassturz arbeitete, nahm er auch den Schatten wahr, der vom Durchgang zum Küchentrakt auf den hellen Teppich fiel. Frau Zantopp lauschte also. «Wenn nun jemand behauptete, mit einem Ihrer Lkw seien die Giftfässer transportiert worden, würde Sie das nervös machen?»

«Unsinn!» Zantopp lachte laut und faßte sich an den Kopf. «Reiner Schwachsinn! Bei dem signifikanten Outfit meiner Brummer, also, da müßte ich doch ein Vollidiot sein, jedem würden solche Lastwagen doch auffallen. Und einmal angenommen, ich wäre solch ein Charakterschwein, daß ich ohne Rücksicht auf Mitmenschen und Umwelt ein derartiges Verbrechen begehen würde: glauben Sie vielleicht, meine Mitarbeiter würden ein so schmutziges Spiel mitmachen? Für die lege ich jederzeit die Hand ins Feuer. Außerdem gibt es ja diesen gedruckten Briefbogen besagter Firma aus Oberhausen.»

«So einen Wisch kann sich jeder drucken lassen», sagte Katzbach.

«Trotzdem kann ich Ihren merkwürdigen Gedankenspielen keinen Geschmack abgewinnen, Herr Katzbach. Und daß sich das stark nach Verleumdung anhört, was Sie hier vorbringen, das dürfte Ihnen wohl klar sein. Ich werde das nicht auf sich beruhen lassen!»

Katzbach ging nicht darauf ein. «Wenn derjenige, der die Giftfässer in Mönchengladbach und Krefeld abgeholt hat und die Brühe entweder in den Rhein gekippt hat oder noch besitzt, wenn der also auf irgendeine Weise versucht, Sie mit hineinzuziehen, Ihre Firma zu kompromittieren, hätte der dann eine Chance, von Ihnen Geld zu erpressen? Überlegen Sie bitte gut! Das Ansehen Ihres Unternehmens, Ihre gesellschaftliche Stellung...»

Zantopp klatschte so heftig die Hände zusammen, daß die Windhunde erschreckt auf die Füße hüpften. «Er hätte nicht die Spur einer Chance! Ich würde auf der Stelle die Polizei einschalten und Anzeige erstatten. War es das, was Sie hören wollten?»

«So eine Demonstration aufrechten Bürgersinns hört ein Polizist immer gern.» Katzbach lächelte genau so, daß sein Gegenüber das Lächeln nicht auszudeuten wußte. Das war ein alter Trick. «Wieder ganz hypothetisch gemeint, Herr Zantopp, und keinesfalls persönlich: Wenn Sie oder einer Ihrer Mitarbeiter wüßten, wer sich hinter der Tarnung Brauner + Stauffer versteckt, könnte da nicht eine Erpressung zumindest denkbar sein?»

«Nur weiter so!» Zantopp verdrehte die Augen und rang theatralisch die Hände. «Nur weiter so! Ich möchte wirklich wissen, von welchem Teufel Sie geritten werden.

Sie erwarten doch nicht im Ernst, daß ich Ihnen auf diese Ungeheuerlichkeit eine Antwort gebe.»

Katzbach dachte: Ungeheuerlichkeit Nummer drei. Er sagte: «Nein, erwarte ich nicht. Ich war nur neugierig auf Ihre Reaktion. – Was werden Sie tun, falls sich jemand von diesen Dunkelmännern oder Dunkelfrauen noch einmal bei Ihnen meldet?»

«Genau das, was ich Ihrer Kollegin – wie war noch der Name?»

«Steinfeld.»

«Was ich Ihrer Kollegin Steinfeld schon gesagt habe. Ich werde versuchen, diesen Jemand so lange hinzuhalten, bis die Polizei eingetroffen ist. Außerdem ist ja inzwischen ein Tonband an den Sammelanschluß unserer Firma angeschlossen.»

«Fein.» Katzbach stand auf. «Das war's für heute. Ich will Ihre Freizeit nicht über Gebühr strapazieren.» Er sah auf dem Schleiflack-Sideboard neben einem blühenden Kaktus eine romanisch wirkende Pieta stehen. Maria mit dem Leichnam Jesu auf dem Schoß. Die Statue in dieser Umgebung: pervers geradezu. «Die Figur ist nicht echt», sagte Katzbach, um Zantopp zu ärgern.

Zantopp sagte kein Wort, als er den Kommissar zur Tür begleitete. Die Hunde taten wie aufgezogen ihren Dienst als Begleitung. Katzbach blieb auf der Mitte zwischen Haustür und Gartenpforte noch einmal stehen.

«Ist noch was?» fragte Zantopp.

«Ich hab vergessen, Ihnen meine Telefonnummer zu geben.»

«Aber ich habe doch die Durchwahlnummer des Sonderdezernates!»

«Ich gehöre nicht zum Sonderdezernat. Ich komme von der Mordkommission. Sagte ich Ihnen das nicht?»

Degenhardt hatte Samstagsdienst. Er kam mit einem Zettel gelaufen, als Katzbach sich wieder an seinen Schreibtisch setzte. Auf dem Zettel stand der Name Maria Esteban, darunter war die Anschrift notiert, und an den Rand war eine Autonummer gekritzelt.

«Das Mädchen mit der grünen Ente? Sieh an, sie wohnt also in Derendorf. Das hatte ich mir fast gedacht.»

«Wieso das denn?» fragte Degenhardt.

«Ich wette, da kommen Sie selber drauf», erwiderte Katzbach. «Und jetzt hören Sie bitte genau zu, weil es sehr wichtig ist. Ich möchte, daß diese Maria Esteban erstklassig observiert wird. Das ist deutlich, ja? Und wenn ich erstklassig sage, dann meine ich auch erstklassig. Organisieren Sie das, Degenhardt. Rund um die Uhr muß sie beschattet werden, und zwar so, daß sie nicht die Spur eines Verdachtes schöpft. Schärfen Sie das den Leuten ein. Ich will stets wissen, wo sie sich befindet und mit wem sie Kontakt aufnimmt.»

«Sie ist übrigens Ausländerin», sagte Degenhardt und hob den Zeigefinger. «Stammt aus Spanien.»

«Wär ich nie drauf gekommen.» Katzbach grinste Degenhardt an. «Sie haben eine steile Karriere bei der Kriminalpolizei vor sich. Und da hab ich auch gleich den nächsten Auftrag für Sie. Stellen Sie fest, wie viele Lastkraftwagen der Transportfirma Rapido-Tours gehören. Die Brummer könnten auch auf den Namen Zantopp laufen.»

«Aber es ist Samstag!»

«Auch darauf wär ich nie gekommen. *Zevis* in Flensburg gibt Informationen rund um die Uhr. Das weiß man sogar in Afrika. Samstags läßt sich so ein Computer sogar besonders gern anwählen. Wußten Sie das nicht?»

Degenhardt brabbelte sich allerlei in den gepflegten Kinnbart und machte sich dann an die Arbeit. Sie litten seit Jahren unter chronischem Personalmangel, da würde es nicht einfach sein, beim Bereitschaftsdienst Beamte für die Rundumobservation loszueisen.

Lange studierte Katzbach Fahrenholts Bericht. Aber er war nicht richtig konzentriert, weil ihm immer wieder das Gesicht des Toten in die Gedanken geriet. Dieses erschreckende Verbrechen: Leben unwiderruflich auszulöschen. Was war mit den Menschen geschehen, die dazu fähig waren? Was hatte ihre Persönlichkeit so deformiert? Fahrenholts Untersuchungen ließen nur den Schluß zu, daß es sich um geplante Tötung gehandelt haben mußte. Katzbach überflog, was er seitenlang über Wirbeldehnungen und Trümmerungen im Kehlkopfbereich formuliert hatte. Die Toxikologen belegten Katzbachs Theorie: In der Kleidung des ermordeten Roland Georgy waren Spuren von Zyaniden, also Salzen der Blausäure, nachgewiesen worden. Hatte Roland Georgy den Wagen mit den Giftabfällen zum Rhein gefahren? Hatte er heimlich die Fässer entleert? Hatte er gewußt, was er da tat? Oder war er anderen in die Falle gegangen?

Lioba Steinfeld freute sich absolut nicht, als Katzbach sie zu Hause anrief, denn sie hatte sich das Haar gewaschen und absolvierte gerade ihre Meditationsübungen. Es gehe sehr schnell, sagte Katzbach, er brauche nur eine Auskunft über Zantopps Firma.

«Waren Sie etwa bei ihm?»

«War ich, Frau Kollegin. Wie Sie schon vermuteten: In unseren Fällen haben sich Berührungspunkte ergeben. In den Protokollen Ihrer Recherchen steht etwas davon zu lesen, daß das Unternehmen Rapido-Tours auch Export und Import betreibt. Abgesehen davon, daß solche Begriffe mir immer so unheimlich pflaumenweich vorkommen und alles und gar nichts besagen und irgendwie nach Tünnes und Schäl klingen: Was, bitte, exportiert und importiert diese Firma? Und wohin und woher?»

Sie gab zu, daß die Bezeichnungen nicht präzise seien. Die Rapido-Tours seien kein Handelsunternehmen, sondern ausschließlich eine Transportfirma, die im Auftrag anderer ihre Fuhren im Inland und im Ausland unternehme. «Da gibt es natürlich Daueraufträge im Food-bereich für die großen Lebensmittelketten und so. Aber wenn Sie zum Beispiel eine Ladung Kuckucksuhren zum Hafen nach Brindisi zu schaffen hätten oder von Kopenhagen ein paar Paletten Sexheftchen abholen lassen wollten, dann könnten Sie die Dienste des Herrn Zantopp und seiner Firma in Anspruch nehmen. Warum ist Ihnen das so wichtig?»

«Ich weiß gar nicht, ob mir das wichtig ist.»

«Sie haben Nerven, Katzbach! Und da rufen Sie mich an meinem einzigen freien Samstag im Monat an? Die afrikanische Sonne war wohl doch ein bißchen zu heiß für Sie!»

Katzbach lachte. «Ich hab den Eindruck, daß es hier auch ganz hübsch heiß ist. Würden sich sonst so viele Leute die Finger verbrennen?» Als er aufgelegt hatte, lachte er nicht mehr.

Daß Zeit so quälend langsam verstreichen konnte! Daß diese Wohnung, in der sie sich bisher so wohl gefühlt hatte, plötzlich so entsetzlich eng werden konnte! Daß die Wärme, die über der Stadt lag, ihr so den Atem rauben konnte! An diesem schlimmen Wochenende, das sich lähmend hinzog, glaubte Maria mehrmals, sie müßte erstikken. Die Muskulatur schien taub, doch in ihrem Innern war alles zum Zerspringen gespannt. Einmal zwang Maria sich, etwas Brot zu essen, aber sie erbrach es wieder. Der Rotwein, von dem sie manchmal trank, brannte im Magen wie Feuer. Stundenlang ließ sie Gitarrenmusik in ihren Kopf eindringen. Das tröstete sie nicht, das beruhigte sie schon gar nicht. Das peitschte ihre Nerven, und das wollte sie. Dieses Gefühl aus Traurigkeit und Wut brauchte sie.

Passion, Grace & Fire: Maria hörte nicht wirklich der Musik zu, sie nahm die Vibrationen auf. John McLaughlin, Al di Meola, Paco de Lucia. Diese Fülle klirrender und schnellender Saiten regte sie auf. Immer wieder ließ sie Passion, Grace & Fire rotieren. Drei Gitarren jagten sich und nahmen Marias Gefühle mit und brachten sie wieder zurück: allen Schmerz, allen Zorn. Es wurde hell und dunkel und hell und dunkel und dann noch einmal hell. Montag. Maria stand lange unter der Dusche. Langsam weckte das heiße Wasser die gefühllose Haut wieder auf.

Wie an jedem Arbeitstag fuhr Maria nach Hösel hinaus.

Die Dogge leckte ihr das Gesicht, als sie ausstieg. Sie tätschelte dem Tier den Hals und flüsterte die üblichen Koseworte. Dann grollte eine schwere Maschine durch das Tor. Der Mann in Leder stellte die Honda hinter dem grünen 2 CV ab und zog sich den Helm vom Kopf. Maria sah erstaunt, daß er noch so jung war. Der neue Fahrer! Er lächelte ihr zu. Maria biß sich auf die Lippe.

«Tag! Ich heiß Lascheck. Das heißt, eigentlich Manni Lappheck. Aber das konnte ich als Winzling nicht aussprechen. Darum heiß ich Lascheck. Sogar meine Eltern haben mich immer so genannt. Komisch, nicht?» Er zog die Handschuhe aus und streckte die Hand aus, nahm sie aber zurück, als er merkte, daß Maria die nicht wahrzunehmen schien.

«Maria Esteban», sagte Maria.

«Sie sind das Mädchen, daß am Freitag aus den Pantoffeln gekippt ist, stimmt's? So eine Nachricht kann einem ja auch ganz gehörig auf die Milz schlagen, mein ich. Wieso einer so was macht. Also, ich weiß nicht. Geht es Ihnen wieder besser?»

«Ich will darüber nicht reden!»

«Hab ich was Falsches gesagt?»

«Das hat mit Ihnen nichts zu tun.» Maria ging in die Montagehalle hinein, von deren Rückfront der kleine schmuddelige Büroraum abgetrennt war. Sie hörte ein Transistorgerät dudeln. Also war Sikora schon da und werkelte an irgendeiner Landmaschine herum. Maria wußte, daß der Heuwender am Mittag fertig sein mußte. Hubsy war in der vergangenen Woche zwischendurch immer wieder mit der Maisfräse zugange gewesen, doch es war mehr eine Beschäftigung als eine wirkliche Arbeit. Zur Zeit schienen andere Dinge ohnehin wichtiger zu sein als die Reparaturwerkstatt. Den Chef konnte Maria nirgendwo sehen. Ob er noch nicht gekommen war?

Maria zog den bestickten Bolero aus und schlüpfte in den gelben Kittel. Sie hatte nichts Eiliges zu arbeiten. Die

Wochenzettel der Männer lagen auf ihrem Schreibtisch. Gut, sie konnte die Arbeitszeiten addieren und die Zahlen für die Löhnung ausrechnen. An die Landwirtschaftliche Forschungsanstalt war ein Mahnbrief zu schreiben, weil die Leutchen sich offenbar nicht bequemen konnten, die offene Rechnung für die Reparatur der Berieselungsanlage zu bezahlen. Aber sonst lag nichts an.

Aus ihrem Glaskäfig heraus konnte Maria den Neuen sehen. Er stand jetzt im Arbeitsanzug an der Werkbank und hielt einen Zündkerzenschlüssel in der Hand. Lascheck, dachte Maria, wirklich komisch. Sie dachte auch: Er ist bestimmt nicht älter als Roland. Doch sie begriff bestürzt, daß der Gedanke sinnlos war. Roland hatte kein Alter mehr, war rausgefallen aus der Zeit. Rausgefallen? Wieder falsch! War rausgeworfen aus der Zeit. Und dafür trug jemand die Verantwortung.

Der Chef kam auf seinen Dackelbeinen vom Hof herein und eilte auf den Neuen zu. Er trug den Overall, also war er schon länger da. Zu hören war das nicht, was er redete, aber es mußte etwas Wichtiges sein, denn Lascheck legte das Werkzeug weg und ging auf den Hof hinaus. Hubsy und Sikora folgten ihm rasch. Minuten später sprangen zwei Motoren an: zuerst der des Opel-Caravan, dann der des schweren Volvo-Lasters. Das fand Maria merkwürdig. Der Chef stand am Tor der Montagehalle und schaute den Wagen nach. Dann stellte er sich an das Wandbord und blätterte nervös in einem Stapel abgehefteter Lieferscheine, ohne überhaupt hinzuschauen. Maria kannte das. Er wartete auf einen Anruf.

Das konnte doch nicht Wirklichkeit sein! Absurdes Theater. Verrückt. Auf jeden Fall ein irrsinniges Spiel.

Warum sprach keiner über Roland? Der hat hier gearbeitet, ist plötzlich weg, lebt auf einmal nicht mehr – und die tun so, als sei das das Allernormalste. Maria dachte auch: Warum redet keiner mit mir? Die wissen doch alle, daß Roland und ich Freunde waren, ein Liebespaar sogar. Die hatten doch immer gegrinst und so die üblichen blöden Bemerkungen gemacht, wenn sie uns zusammen sahen. Jetzt grinsten sie einfach nicht mehr, weil es nichts mehr zu grinsen gab. Aus. So einfach war das. Maria redete sich zu: Ich muß aufpassen, daß ich nicht durchdrehe!

Der Anruf kam eine Viertelstunde später. Maria meldete sich. Der mit der herrischen Stimme verlangte den Chef zu sprechen. Der kam sofort, riß den Hörer an sich und schickte Maria mit heftigem Handgewedel hinaus. Erst als Maria die Tür des Glasverschlags hinter sich zugeworfen hatte, fing er an zu sprechen. Daß Maria sich hinter die hüfthohe Holzverschalung gekauert hatte und lauschte, merkte er nicht.

Maria bekam nur Bruchstücke dessen mit, was der Chef flüsterte. Der krümmte sich devot, schien zu schwitzen, zeigte Unsicherheit: das konnte Maria durch den Türspalt erkennen. Eindeutig ging es darum, daß der Chef von dem Anrufer mit der barschen Stimme zu einem Treffpunkt bestellt wurde, der beiden vertraut war, denn der alte Mann fuhr sich mehrmals mit der öligen Hand über die Stirnglatze und bestätigte: «Jawoll, ich werde pünktlich am üblichen Treffpunkt sein! Jawoll, ich werde in zehn Minuten abfahren!» Und dann: «Nein, es ist niemand hier. Bloß die kleine Spanierin... Die weiß sowieso nicht, was gespielt wird... Jawoll, die Männer sind losgefahren, wie abgemacht... Der Neue ist...»

Maria wußte genug. Sie kroch zum Ausgang und huschte nach draußen. Ihr Gehirn arbeitete jetzt präzise. Der Mann, von dem der Chef seine Anweisungen erhielt, steckte hinter allem und war darum für alles verantwortlich. Also mußte sie wissen, wer dieser Mann war.

Der Chef fuhr immer nur den Bulli. Außerdem stand kein anderes Auto zur Verfügung. Maria achtete darauf, daß der Chef sie von der Halle aus nicht sah und daß der Hund sie nicht bemerkte, denn die Dogge war wild aufs Autofahren und kletterte in jeden offenen Wagen. Maria öffnete den Schlag und schlüpfte auf die Ladefläche, zog die Hecktür schnell hinter sich zu und machte sich unter ölverschmierten Planen und Putzwollehaufen ganz klein. Der süßliche Geruch von Schmierfetten narkotisierte sie fast. Sie atmete durch den Mund und bekämpfte ihren Niesreiz. So hingekauert wartete sie.

Sie brauchte nicht lange zu warten. Bald ertönte der Pfiff, dann klapperten die Flügeltore. Der Chef hatte den Hund eingesperrt. Er rief, daß er in einer halben Stunde wieder zurück sei, und meinte damit Maria. Dann stieg er in den Bulli. Die Karosserie ächzte, als er sich stöhnend den Gurt zurechtfummelte. Der Motor knatterte übertourig. Maria spürte schmerzhaft das Gehüpfe auf den Wasserrinnen des Hofes. Dann erreichte der Wagen die Straße. Der Chef schaltete das Radio ein. Maria kannte die Sendung: *Zeitzeichen*. Jemand wäre an diesem Tag hundertfünfzig Jahre alt geworden. Sie hörte nicht weiter zu, sie dachte an einen, der vor wenigen Tagen ermordet worden war.

Wie lange die Fahrt dauerte, wußte Maria nicht, weil es ihr unwichtig war. Daß der Chef saumäßig fuhr und den

Wagen in den Kurven ungeschickt abstoppte, daß ihr rechter Arm ganz taub war, daß Auspuffgase in den Laderaum drangen: das berührte sie nur am Rande. Sie rollten eine Weile über vielbefahrene Straßen, dann rumpelte der Bulli über unbefestigte Wege, und nur von sehr fern waren noch Verkehrsgeräusche zu vernehmen. Dann stand der Wagen still. Maria hörte, wie die Handbremse angezogen wurde und wie der Chef laut rülpste. Jetzt näherten sich schnelle Schritte auf kiesigem Boden. Die Seitentür ging auf. Jemand war eingestiegen. Maria atmete noch flacher, um kein Geräusch zu machen. Ihre Sinne waren überreizt, darum hatte sie Mühe, sich zu beherrschen und nicht aus ihrem Versteck zu kriechen und sich aufzurichten, um durch das Fensterchen in der Wand zwischen Laderaum und Fahrerkabine zu schauen. Sie brannte darauf, das Gesicht des Mannes mit der herrischen Stimme zu sehen, er war ihr zum Greifen nah, aber wenn sie jetzt einen Fehler machte, war ihr Plan zum Teufel. Darum blieb ihr nichts, als zu lauschen. Es war wie bei einem Hörspiel.

Der fremde Mann: «Einer von der Mordkommission war bei mir. Katzbach, Hauptkommissar Katzbach. Ich habe mich erkundigt. Er ist angeblich der Schärfste von allen. Sie nennen ihn Kater. Was kann das zu bedeuten haben? Erzählen Sie mir jetzt bloß keine Märchen!»

Der Chef: «Mordkommission? Ist doch 'n Witz! Wir haben das alles so arrangiert, wie es besprochen war. In der Zeitung steht es ja auch klipp und klar: Selbstmord. Da würd ich mal nicht die Flöhe husten hören, nee, das ist garantiert Routine. Bei Selbstmord wird immer die Kripo eingeschaltet. Bericht vom Arzt, Bericht von der Kripo.

Damit das alles schön amtlich ist. Und dann Deckel drauf, Schwamm drüber, Akte zu. Würd ich mir keine grauen Haare wachsen lassen.»

Der fremde Mann: «Quatschen Sie keine Operetten! Sie verstehen überhaupt nicht, wovon ich rede. Wenn die Polizei mich nach dem Zyanid fragt, dann ist das okay, darauf bin ich vorbereitet. Aber offenbar stellen die Bullen einen Zusammenhang her zwischen dem Giftabfall und dem Toten. Das ist der Knackpunkt! Kriegen Sie das in Ihren Schädel, daß ich äußerst beunruhigt bin?» ·

Der Chef: «Wie kommen Sie denn darauf, daß die Bullen... Ich meine, hat dieser Kriminalfritze, dieser Katzbach, hat der denn was von nem Zusammenhang gesagt? Oder bilden Sie sich das bloß ein?»

Der fremde Mann: «Hat er nicht. Aber wie der mich ausgefragt hat! Da sollten wir uns mal nur nichts vormachen. Es existiert eine Sondertruppe für diese Giftsache. Aber da taucht einer von der Mordkommission bei mir auf. Eins und eins ist zwei. Wußten Sie wohl nicht, wie? Der Tote muß Giftspuren an sich gehabt haben. Anders ist das nicht zu erklären. Herr des Himmels! Wir hatten vereinbart, daß die Sache diskret über die Bühne geht. Aber Sie und Ihre Hilfsgorillas mußten ja offenbar ein Riesenspektakel daraus machen. Dilettantisch! Auffälliger ging's wohl nicht, wie? Da ist der Wurm drin.»

Der Chef: «Wir hatten uns gedacht...»

Der fremde Mann: «Gedacht? Da darf ich mal lachen. Von Denken kann ja wohl keine Rede sein. Murks! Zwei absolut idiotische Fehler haben Sie gemacht, Sie und Ihre Stümper.»

Der Chef: «Wir haben das anders gesehen! Wenn einer

so ganz von der Bildfläche verschwindet, dann kann das jahrelange Sucherei zur Folge haben. Aber wenn einer Selbstmord macht, dann ist das ruckzuck...»

Der fremde Mann: «Keine Details! Ich will das nicht wissen. Ich hab mit alldem nicht das geringste zu tun. Ich weiß nix, ich will nix wissen, es geht mich überhaupt nix an. Ich weiß nicht einmal, wovon Sie sprechen. Bin ich richtig verstanden worden?»

Der Chef: «Jetzt kommen Sie mir aber nicht mit solchen Vorwürfen!»

Der fremde Mann: «Ob ich richtig verstanden worden bin!»

Der Chef: «Ja, verdammt noch mal! Wir haben getan, was wir konnten. War ja keine Kleinigkeit, um das mal so zu sagen. Wir konnten ja nicht ahnen, daß... Wenn jetzt keiner die Nerven verliert, dann... Wir werden jetzt erst mal die Fässer verschwinden lassen.»

Der fremde Mann: «Unterstehen Sie sich! Wo die gesamte Weltgeschichte aufgescheucht worden ist durch das klägliche Versagen Ihres Exfahrers. Was ist übrigens mit dem Neuen? Ist der astrein?»

Der Chef: «Den haben wir voll in der Hand. Außerdem ist der bloß auf Knete aus. Was ist also mit den Fässern?»

Der fremde Mann: «Die bleiben vorerst da, wo sie jetzt sind. Euer Laden ist unverdächtig. Wir gehen erst mal alle auf Tauchstation.»

Der Chef: «Keine neuen Projekte also?»

Der fremde Mann: «Sie sagen es. Erst mal Schweigen im Walde. Am liebsten hätte ich das Ding von heute morgen noch gestoppt. Egal. Wenn das gelaufen ist, spielen wir den Schweigemarsch, klar? Keine Kontakte. Gebt dem neuen Fahrer paar Scheine auf die Kralle und sagt ihm, er hätte Ferien. Aber daß der keine Zicken macht! Wenn mal wieder was läuft, melde ich mich. Die Abrechnung für die Show von heute erfolgt dann über die üblichen Kanäle. So, das war's. Und daß mir keiner Alleingänge veranstaltet! Die Scheiße hat ja wohl gereicht. Wer auffliegt, der steht im Hemd, und zwar ganz allein. Also: Schnauze!»

Maria registrierte, daß der fremde Mann ausgestiegen war. Wieder hatte sie mit dem Verlangen zu kämpfen, ihm nachzulaufen, um sein Gesicht zu sehen. Sie fragte sich, was der Zweck dieses Treffens gewesen sein konnte. Die beiden Männer hätten doch am Telefon miteinander reden können. Hatten sie Angst, daß irgend jemand die Leitung angezapft haben könnte oder sonstwie ihre Gespräche abhörte? Hatte der Fremde vielleicht etwas mitgebracht, was er dem Chef nur direkt übergeben konnte? Geld etwa? Ein gedämpftes Surren zeigte an, daß das Auto des fremden Mannes gestartet worden war. Anscheinend war es ein Wagen mit leisem und starkem Motor. Dann brüllte der Bulli auf. Der Chef fluchte vor sich hin. Auf der Rückfahrt drosch er den Wagen aggressiv und hastig.

Maria dachte: Bin ich jetzt einen Schritt weiter?

Verschwörung im Großen Affen

Als der Morgen zu grauen begann, wachte Kriminalhauptmeister Degenhardt aus dem Halbschlaf auf. Sein erster Gedanke galt dem grünen Auto, das auf der gegenüberliegenden Straßenseite parkte. Alles war in Ordnung. Er dehnte so gut es ging seinen Körper, streckte die verspannten Muskeln und riß den Mund weit auf, um die Pelzigkeit von der Zunge zu kriegen. Nachtwachen war er gewöhnt, klar, doch am Ende dieses Zustands zwischen Erschöpfung und Wachsein fiel er jedesmal in ein tiefes Loch. Morgengrauen: die programmierte Krise des Observierens, die Zeit, wo die Fehler gemacht wurden, die Stunde der Unaufmerksamkeit. Degenhardt schaltete das Autoradio ein, um diesen Anfall von Melancholie aus den Sinnen zu vertreiben. Dann löffelte er einen Joghurt und kaute an einem Apfel herum. Die Stadt begann wieder zu atmen. Ein Mann im Schlafanzug führte einen Pudel zum Kötteln aus. Als er merkte, daß sich in Degenhardts Auto etwas regte, kam er neugierig näher, weil er offenbar ein Liebespaar vermutete. Degenhardt streckte ihm die Zunge raus. Da trottete der Mann weiter.

Die Spanierin hatte während des gesamten Wochenendes das Haus nicht verlassen. Das stand fest. Jedenfalls nicht durch die Haustür. Und die Ente war auch nicht von der Stelle bewegt worden. Ob irgend jemand, der während der Zeit das Haus betreten hatte, zu ihr gegangen war, hatte man nicht feststellen können. Ihre Haustürklingel war jedenfalls nicht betätigt worden, das hatten sie mit Hilfe des Fernglases überprüft.

Degenhardt hatte am Abend Steenkes abgelöst, und um vier Uhr früh hätte Voigt die Überwachung übernehmen müssen. Er war aber nicht gekommen. Degenhardt drehte die Seitenscheibe runter und spuckte wütend das Apfelgehäuse auf die Straße. Dann betätigte er das Sprechfunkgerät. Der übermüdete Diensthabende konnte ihm aber nichts Erfreuliches mitteilen. Voigt war mit zwei weiteren Beamten nach Benrath gerufen worden, wo ein Taxichauffeur überfallen worden war. Also wartete Degenhardt weiter. Die Stimme der Frau, die unentwegt die Zeit ansagte, ging ihm auf die Nerven.

Aber er reagierte sofort, als Maria Esteban aus dem Haus kam. Blitzschnell ließ er sich auf den Nebensitz fallen und startete den Golf erst, als die Ente bereits die Mündung der Derendorfer Straße erreicht hatte. Zwei andere Wagen ließ er noch an sich vorbei, bevor er die Verfolgung aufnahm. Der Berufsverkehr hatte eingesetzt, aber weil die Spanierin stadtauswärts fuhr, hatte Degenhardt keine große Mühe, hinter ihr zu bleiben. Am Mörsenbroicher Ei reihte sie sich in die Spur ein, die zur Autobahn führte. Jetzt konnte sie ihm ohnehin nicht mehr entwischen, aber er mußte aufpassen, daß er genug Abstand hielt. Als der 2 CV bei der Abfahrt Ratingen von der Autobahn rollte, gab Degenhardt zur Vorsicht seine Position durch. Wieder ließ er sich zurückfallen, damit ein halbes Dutzend Autos zwischen der Ente und dem Golf waren. Das grüne Vehikel war auch in größerer Entfernung leicht auszumachen. So folgte Degenhardt der Spanierin bis zum westlichen Stadtrand von Hösel, wo die Ente in das weitläufige

Industriegelände einbog und dann durch eine Toreinfahrt verschwand. Bald darauf hörte Degenhardt einen offenbar großen Hund freudig bellen. Sekunden später knatterte auch ein Ledermann auf einer Honda in den Firmenhof hinein. Auf dem Schild über der Einfahrt stand: *Reparaturwerkstatt für landwirtschaftliche Maschinen aller Art.*

Degenhardt fuhr den Golf rückwärts in eine geteerte Schneise zwischen Hainbuchengestrüpp und vergammelten Straßenbaufahrzeugen. Hier war er ziemlich gut getarnt, konnte aber durch die Zweige die Einfahrt und einen Teil des Hofes der Reparaturwerkstatt überschauen. Nach der Nachtkühle taten ihm die Sonnenstrahlen gut, die schräg durch die Frontscheibe auf sein Gesicht fielen.

Er hatte sich wieder auf Warten eingerichtet, aber da tat sich etwas auf dem Hof, und er war sofort hellwach. Durch den Feldstecher nahm er einen alten Mann wahr, der aber sofort wieder aus seinem Blickfeld verschwand. Der junge Mann im Arbeitsanzug, den er dann kurz sah, konnte der Ledermann sein. Motoren sprangen an, zuerst ein Pkw-Motor, dann eine schwere Maschine. Das Gebrumme kam näher. Zuerst tauchte ein alter Opel-Caravan in der Einfahrt auf, dann folgte ein Volvo-Truck. Degenhardt notierte hastig die Kennzeichen des Combi, doch als er die Nummer des Lasters sah, bekam er Stielaugen. Trotzdem duckte er sich rechtzeitig, als die beiden Autos seinen Standort passierten.

Degenhardt war drauf und dran, sich an den Lkw zu heften. Jagdfieber überfiel ihn. War das nicht seine Chance? Er biß sich in die Faust und hatte schon die Hand am Zündschlüssel. Aber Katzbachs Order hämmerte in seinem Gedächtnis: Ich möchte, daß diese Maria Esteban erstklassig observiert wird. Also ließ er Dampf ab und rieb sich den Kinnbart. Dann langte er zum Autotelefon und wählte die Mordkommission an. Hauptkommissar Katzbach war schon im Büro.

«Degenhardt hier! Also, was soll ich sagen... Gerade kam ein Lastwagen hier aus dem Werksgelände gerollt, und jetzt halten Sie sich fest! Die Nummer...»

Katzbach unterbrach schroff. «Sind Sie besoffen? Oder was?»

Degenhardt gab sich einen Ruck und fing noch einmal an. Er beschrieb seinen Standort und berichtete, daß er dem grünen 2 CV der Maria Esteban hierher gefolgt sei. Ihr Wagen befinde sich auf dem betreffenden Firmenhof und sie auch. «Aber gerade verließen zwei Wagen das Gelände. Ein dunkelgrüner Opel-Caravan älterer Bauart. Ich habe eine männliche Person im Wagen gesehen.» Degenhardt las das Kennzeichen von seinem Notizblock ab. «Unmittelbar dahinter folgte ein Volvo-Lkw, zwei Männer im Führerhaus, der Fahrer schien mir relativ jung zu sein. Aber die Autonummer! Es ist exakt die Nummer, die ich in Ihrem Auftrag am Samstag in Erfahrung gebracht habe. Der achte Lastkraftwagen der Speditionsfirma Rapido-Tours, allerdings ohne Firmenaufschrift. Das haut doch den stärksten Eskimo vom Schlitten!» Degenhardt bremste sich aber sofort. «Pardon! Letzteres war nur eine persönliche Bemerkung.» Er sah Katzbachs Grinsen geradezu.

«Sehen Sie, wie schön Sie berichten können?» Katzbachs Stimme hörte sich jetzt fast freundlich an. «Gute Arbeit, Degenhardt!» Dann war es, als spräche er zu sich selber. «So ungefähr habe ich mir das gedacht.»

Degenhardt schüttelte sich wie ein nasser Hund. Bei allen geschwänzten Teufelchen, wer sollte das kapieren! Da meldet man eine sensationelle Entdeckung und muß sich solch eine Bemerkung anhören: So ungefähr habe ich mir das gedacht.

In diesem Augenblick fuhr ein drittes Auto aus dem Gelände der Reparaturwerkstatt. Es war ein blauer VW-Bulli. Am Steuer saß der alte Mann, den Degenhardt vorhin durch das Fernglas gesehen hatte.

«Was war das?» fragte Katzbach, der über das Telefon das Motorgeräusch gehört hatte. «Da scheint's ja zuzugehen wie auf der Autobahn.»

«Wagen Nummer drei», sagte Degenhardt und nannte die Autonummer. Er beschrieb auch, so gut es ging, den Fahrer. «Was soll ich denn jetzt machen?»

«Was schon! Was Sie bis jetzt auch gemacht haben. Auf das Mädchen aufpassen.»

«Aber ich bin jetzt schon satte zwölf Stunden im Einsatz.»

«Das ist noch lange kein Weltrekord. Picht und ich kommen raus zu Ihnen. Eine Stunde werden Sie's wohl noch aushalten, oder?»

«Klar doch!»

«Und Sie sind sich ganz sicher, daß Maria Esteban sich auf dem Firmengelände befindet?» wollte Katzbach noch wissen.

«Ganz sicher.»

Degenhardt ahnte nicht, daß er sich da gewaltig irrte. Im Grunde spielte es auch keine Rolle. Jedenfalls wurde sie später gesehen, als sie mit einem Bogen Papier in der Hand den Firmenhof querte. Sie trug einen gelben Kittel.

Zu diesem Zeitpunkt war der alte Mann mit dem Bulli schon zurück von seiner Fahrt.

Degenhardt nutzte die Zeit und notierte stichwortartig seinen Bericht. Seit er wußte, daß alle Kriminalbeamten den größten Teil ihrer Zeit mit Berichteschreiben verbrachten, war er der erklärte Feind aller Schreibmaschinen.

Das Wochenende mit den langen Fahrten hatte ihn aufgemöbelt. Der Druck war weg aus dem Kopf, er konnte mühelos durchatmen, auch das ewige Kotzgefühl in Magen und Speiseröhre hatte nachgelassen. Lascheck fuhr beinahe unbeschwert nach Hösel hinaus und genoß das Stampfen der Hengstmaschine zwischen seinen Beinen.

Als er durch das Firmentor fuhr, sah er den grünen 2 CV. Er parkte die Honda gleich dahinter und zog sich den Helm vom Kopf. Dann stand plötzlich das Mädchen da. Lascheck spürte, wie sein Herzschlag zulegte. Sie war zum Erschrecken schön, jedenfalls empfand Lascheck das so. Live hatte er so etwas noch nie gesehen. Sie hatte ein dunkles, ganz ebenmäßiges Gesicht und blauschwarzes Haar. Wörter fielen ihm ein, die er sonst nie gedacht hatte: Sonnenhaut, Kirschenaugen, Salzmund. Undeutliche Vorstellungen von Süden und Wind und Wärme drangen ihm aus irgendeiner Erinnerung ins Bewußtsein. Lascheck fand auch, daß ihr die bestickte kurze Jacke und die helle Leinenhose gut standen. Wie er so dastand und glotzte, kam er sich auf einmal blöde vor. Ich muß was sagen! dachte er. Er sagte: «Tag! Ich heiß Lascheck.» Reichte das? Nein, weiterreden! «Das heißt, eigentlich Manni Lappheck. Aber das konnte ich als Winzling nicht aussprechen. Darum heiß ich Lascheck. Sogar meine Eltern haben mich immer so genannt. Komisch, nicht?» Er zog die Handschuhe aus und streckte die Hand aus. Das schien sie aber nicht zu sehen.

«Maria Esteban.»

Schöner Name! dachte Lascheck. «Sie sind das Mädchen, das am Freitag aus den Pantoffeln gekippt ist, stimmt's...»

Lascheck trat sich innerlich in den Hintern. Wie ein Dorftrottel hatte er sich benommen, das begriff er. Gelabert hatte er wie einer aus der Nordkurve. Wie so ein Charmeur aus der Fischbratküche: Anmacher, Großschnauze, Stußredner. Mit rotem Kopf schlich Lascheck sich in den Duschraum, wo sein Arbeitsanzug hing. Das Mädchen hatte ihn verwirrt. Die Begegnung war ja auch so plötzlich gewesen. Einer wie er mußte das erst einmal verkraften. Er zog die lederne Rüstung aus und stieg in den Blaumann. Der Geruch von Urin, der vom Pißbecken herüber drang, benebelte ihn schier. Raus hier! dachte er. Was für eine Arbeit sie ihm geben würden, wußte er nicht.

Als er an der Hebebühne vorbeilief, rief Sikora: «Häj, Lascheck! Bring mir mal einen Zündkerzenschlüssel!»

«Ist geritzt!» rief Lascheck. Er ging zur Werkbank und nahm sich viel Zeit, denn von hier aus konnte er das Mädchen in dem abgeteilten Büroraum sehen. Maria Esteban hatte sich einen gelben Kittel angezogen. Was sie gerade arbeitete, konnte er nicht erkennen, doch er spürte, daß sie ihn beobachtete, da lief es ihm wieder heiß und kalt über den Rücken. In diesem Augenblick kam der Chef gehastet.

«Hör mal», sagte der Chef, «da steht was Eiliges an.

Hubsy, Sikora und du, ihr habt jetzt mal ne Fahrt zu machen. Hubsy fährt mit dem Combi voraus und zeigt dir den Weg. Sikora steigt mit dir in den Volvo.»

«Um was geht es denn?»

«Lascheck, vergißt du wieder unsere Abmachung? Hier wird nicht gefragt. Mach einfach, ja? Du bist doch einer, der auf Kohle scharf ist. Also. Und vergiß die Wagenpapiere nicht. Hopp jetzt. Ihr müßt im Zeitplan bleiben. Ist übrigens ne stolze Prämie für dich drin, wenn alles hinhaut.»

Lascheck fragte: «Und die anderen?»

«Die wissen Bescheid. Den Schlüssel kannst du wieder an die Wand hängen. Bis Mittag ist die Sache gelaufen.»

Lascheck hängte den Zündkerzenschlüssel wieder ans Werkzeugbrett und trottete nach draußen. Das stank doch zum Himmel! Wollten die wieder Autoreifen zerballern? Oder was für ein schräges Ding sollte es diesmal sein? Du bist doch einer, der auf Kohle scharf ist. Pah, heiße Luft! Und daß Sikora, der Catchertyp, als Aufpasser mit ihm im Volvo fahren sollte! Warum lernten die Sportsfreunde nicht selber, Trucks zu fahren? Hatte das Methode, daß sie sich immer einen Fahrer an Land zogen? Und wie das zum Himmel stank! Lascheck dachte: Lange mache ich das nicht mit. Fünftausend auf der hohen Kante, dann mache ich den Abgang. Er dachte auch: Warum ist das Mädchen eigentlich in diesem halbseidenen Laden? Merkt sie nicht, daß hier falsch gespielt wird? Die kann doch nicht mit diesen schrägen Vögeln unter einer Decke stecken, die doch nicht! Warum ist ihr am Freitag schlecht geworden? Vor allem diese Frage setzte Lascheck zu, und allmählich dämmerte es ihm. Da tat ihm der Magen weh.

Hubsy saß schon am Steuer des Caravan und tippte auf seine Armbanduhr, damit Lascheck sich beeilte. Sikora wusch sich die Hände mit Testbenzin und rieb sie an seiner Hose trocken. Er hatte sich eine Anzugjacke mit Nadelstreifen über den Overall gezogen und sah lächerlich aus. Lascheck turnte ins Führerhaus und betätigte den Vorglühschalter. Wieder kam ihm das Ungetüm von Truck fremd vor, aber er hatte keine Angst mehr. Zischend lösten sich die Druckluftbremsen.

«Immer schön hinter Hubsy bleiben», mahnte Sikora tabakmampfend. «Der zeigt dir den Weg. Ist ja genug Sprit im Tank, oder?»

Lascheck nickte nur. Sikora brauchte nicht zu wissen, daß er wieder Schwierigkeiten mit dem Atmen hatte. Er hatte sich das Wort gemerkt: psychosomatisch. Die Susanne von der Spielothek hatte ihm einmal erklärt, daß manche Leute in Atemnot gerieten, wenn sie Schiß hätten, und das würde man dann psychosomatisch nennen, weil die Angst von der Seele käme. Inzwischen glaubte Lascheck ihr. Er fuhr hinter dem Opel her in östlicher Richtung. Aus dem Augenwinkel nahm Lascheck einen grauen Golf wahr, der zwischen Büschen und Schrott parkte, aber er machte sich darüber weiter keine Gedanken.

«Stell mal das Radio an!» forderte Sikora. «Bißken Musik hebt bei mir sofort die Laune. Ich bin nämlich gerne fröhlich, verstehst du? Wie ist es mit dir?»

Darauf gab Lascheck keine Antwort. Auf WDR 4 fand er die Musik, die Sikora Spaß machte. Schlager von irgendwann. Eine Gruppe, die anscheinend aus Eunuchen bestand, fistelte: «Einmal kommt das Glück zu dir, reicht dir seine Hände, spricht: Ein Tag wie heute kommt nie mehr...»

«Da ist was dran!» lachte Sikora meckernd.

Es ging Richtung Heiligenhaus. Sollte das wieder das Spiel mit dem Schießgewehr werden? Aber Hubsy fuhr dann rechts ab und bog auf die Landstraße nach Mettmann. Schon früh gab er mit dem Blinker das Zeichen, daß eine Richtungsänderung nach links bevorstand. Hubsy richtete es ein, daß die beiden Wagen, die hinter ihnen fuhren, nach der Kurve überholten. Es schien wichtig zu sein, daß sie unbeobachtet in den Schotterweg fahren konnten, der in eine Mondlandschaft zu führen schien. Schon nach wenigen Metern ging es steil bergab. Lascheck mußte höllisch aufpassen. Weiß bestäubt waren Bäume und Felsen. Ein Steinbruch, aber von gewaltigen Ausmaßen. Lascheck sah ein zerfallenes Klinkersteingebäude mit zerborstenen Scheiben. Ein Bagger stand in einer Wasserlache und rostete vor sich hin. Weiter hinten, wo es terrassenartig steil anstieg, waren auch verbogene Transportbänder zu erkennen.

«Kalksandsteinfabrik», erklärte Sikora, «ist aber schon seit Jahren tot. Gutes Versteck.»

Den Film kenne ich doch, dachte Lascheck. Der Rio Grande hat sich hier tief in den Fels gefressen, und gleich erheben sich oben am Rand des Cañons federngeschmückte Indianer in einer endlosen Reihe und starren hinunter zu den Bleichgesichtern, und die haben dann keine Chance mehr. Apachen, keine Frage. Schwarze Silhouetten vor der grellen Sonne in der weißen Landschaft.

Hubsy holte ihn aus seinen Träumen. «Los, rein in den Caravan!»

«Was ist mit dem Truck?»

«Der bleibt hier und wartet son Stündchen auf uns. Beeilung!»

Lascheck setzte sich in den Fond, Sikora wuchtete sich in den Beifahrersitz, daß die Stoßdämpfer wimmerten. Hubsy fuhr sofort an, zog eine Kurve und jagte den Opel über die Rubbelpiste zur Straße zurück. Die Staubfahne stand wie ein Nebel in der Luft.

«Wohin fahren wir?» fragte Lascheck.

Hubsy zögerte. «Zur Autobahn. Wirst schon sehen.»

Sie redeten nicht mehr. Sikora kaute Tabak, Hubsy rauchte, Lascheck dachte an das Mädchen. Von der Bundesstraße 7 her erreichten sie die Autobahn und fuhren in südlicher Richtung über das Hildener Kreuz hinaus bis zum Rasthaus Ohligser Heide. Hubsy lenkte den Wagen bis fast zur Ausfahrt des Parkplatzes. Von hier aus war die Autobahn gut zu beobachten.

Hubsy schaute auf die Uhr. «Wir sind gut in der Zeit. Es ist jetzt 9 Uhr 54. Vor 10 Uhr 15 wird er kaum auftauchen. Sikora, schnapp dir den Gucki!» Hubsy blieb am Steuer sitzen.

Sikora nahm das Fernglas aus dem Handschuhfach und baute sich neben dem Caravan auf, die Ellenbogen stützte er auf dem Dach auf und beobachtete so nach rückwärts die Fahrbahn.

Lascheck schaute eine Weile den vorbeihuschenden Wagen zu, doch als sich Kopfschmerzen einstellten, schloß er die Augen. Er wußte, es hatte keinen Sinn, Hubsy und Sikora nach dem Zweck dieser Warterei zu fragen, also ließ er es. «Kann ich mal pinkeln gehen?»

«Hochziehen und ausspucken», sagte Hubsy. «Für

Ausflüge haben wir jetzt keine Zeit. Nimm ne Mütze Schlaf.»

Warum lasse ich das mit mir machen? dachte Lascheck. Er ließ es einfach mit sich machen. Seit Jahren ließ er so vieles mit sich machen. Frust, Bequemlichkeit, Ermüdung, Langeweile... Er wußte den Grund nicht, wollte ihn vielleicht auch gar nicht wissen. Er döste vor sich hin und ließ Zeit vergehen. Wie lange das alles dauerte, wußte er später nicht mehr.

Plötzlich haute Sikora mit der Handfläche auf das Blechdach und stieg schnell ein. Hubsy hatte im gleichen Augenblick den Zündschlüssel gedreht. Lascheck schreckte auf.

Ein Lastzug röhrte vorbei. Auf den Seitenflächen des Motorwagens und des Anhängers lächelte riesig eine Blondine und verkündete: Ich rauche gern! Hubsy hetzte den Caravan hinterher und fädelte sich geschickt in die Fahrzeugschlange ein. Lascheck sah von hinten, daß Hubsys Backenmuskeln mahlten.

Nach etwa zwei Kilometern setzte Hubsy zum Überholen an. Er hielt den Opel im Tempo des Lastzuges und spähte angestrengt nach vorn. Auf einmal stieß er Sikora an und trommelte mit der Faust auf dem Armaturenbrett herum.

Sie waren zweifellos ein eingespieltes Team. Sikora holte unter seinem Sitz eine Polizeikelle vor und drehte das Seitenfenster herunter. Kurz vor der Ausfahrt zu dem kleinen Rastplatz lehnte er sich aus dem Fenster und begann zu winken. Lascheck konnte deutlich hören, wie sich die Drehzahl des Lasters hinter ihnen verringerte.

Hubsy atmete zischelnd aus. «Er kommt uns nach!»

Nur ein einzelnes Auto parkte bei einem der betonierten Tischchen. Die Fahrerin wienerte wie verrückt die Frontscheibe des BMW. Hubsy fuhr an ihr vorbei bis zum Ende der Parkschleife. Dann kam auch der Lastzug zum Stehen. Sikora und Hubsy zogen sich schwarze Mützen mit Sehschlitzen über die Köpfe.

«Was ... was soll der Scheiß?» fragte Lascheck.

«Halt die Luft an!» fauchte Hubsy. Er beobachtete im Rückspiegel, wie der Truckfahrer aus dem Führerhaus geklettert kam. «Jetzt!» rief er Sikora zu und stieß die Tür auf.

Es war ein dünner Mann mit Schlägermütze, Lederweste und tätowierten Armen. «Warum werd ich denn angehalten? Ich hab doch nichts falsch gemacht! Ist das ne Routinekontr ... Hilfe!» Da traf ihn Sikoras Schlag dicht hinter dem Ohr. Hubsy fing den Fallenden auf.

Lascheck wollte schreien. Irgendwas. Aber er würgte nur zähen Schleim hoch und brachte kein Wort heraus. Dies war schon wieder ein anderer Film. Unwirklich schien ihm das, was er sah. Sikora und Hubsy schleppten den Mann auf die rechte Seite des Lasters, die der Autobahn abgewandt war. Dann turnte Hubsy in die Fahrerkabine und öffnete die rechte Seitentür. Mühelos stemmte Sikora den Ohnmächtigen hoch und kletterte nach. Gemeinsam schoben sie ihn in die Schlafkoje. Lascheck konnte auch erkennen, daß sie ihn mit Klebeband fesselten. Aus einer Flasche schüttete Hubsy etwas auf einen Lappen und preßte den drei, vier Sekunden lang auf das Gesicht des Mannes.

Dann kam Hubsy gerannt und blaffte Lascheck an:

«Brauchst du ne schriftliche Einladung? Mensch, beeil dich!»

«Aber ich ... Was soll ich denn ...»

Hubsy hatte die Wollmütze nicht mehr auf dem Kopf. «Du sollst in diesen verdammten Lastwagen steigen und das Ding endlich weiterfahren! Wofür haben wir dich wohl mitgenommen, wie? Bist du so beknackt, oder stellst du dich nur so doof an? Mach schon!»

Lascheck torkelte geradezu nach draußen. Er spürte, daß Hubsy ihn schob. Dann saß er am Steuer des fremden Wagens und fiel plötzlich heraus aus seinem Dämmerzustand, weil Sikora ihm mit dem Handrücken ins Gesicht schlug. In der Fahrerkabine roch es intensiv nach Chloroform. Lascheck orientierte sich mit schnellen Blicken und warf den Motor an. Er sah, daß Hubsy mit dem Caravan davonfuhr.

«Ich sag dir schon, wo's langgeht», schnauzte Sikora. «Hau rein, Junge! Nix wie weg hier!»

Lascheck war sich erst nach einigen Schrecksekunden darüber im klaren, daß er gerade den Lastzug ins Rollen gebracht hatte. Die Schaltung hakte. Die Kupplung hatte zuviel Spiel. Er bemerkte das und wurde dabei wach. Den Blinker an, verdammt! Er fand die Lücke und gab Gas. Der Anhänger machte ihm zu schaffen. Los, Junge, hämmerte er sich ein, setz die Kiste nicht in den Graben! Er hörte den betäubten Mann hinter sich stöhnen, vor allem hörte er Sikoras ekliges Geschmatze beim Tabakkauen. Er haßte diesen Mann in diesem Moment maßlos. Aber er sagte sich auch: Den darfst du nicht unterschätzen, der ist cleverer, als man denkt. Anhalten, rausspringen und so: das läuft bei dem nicht. Der haut dich zu Brei, wenn du ausrastest. Daß er raus mußte aus diesem Horrortrip, das wußte Lascheck genau. Er mußte es schlau anfangen, vor allem durfte er keinen Argwohn erregen. Die waren zu allem fähig. Das hatte er ja gerade erlebt.

«War das nötig, den Mann so brutal niederzumachen?» fragte er.

Sikora gluckste selbstgefällig. «Der schläft nur ein bißchen. Soll sich doch freuen. Die Kapitäne der Landstraße müssen sich auch mal ausschlafen. Die meisten Unfälle passieren durch Übermüdung. Wußtest du nicht, heh?»

«Kann ich vielleicht mal erfahren, was das ganze Theater zu bedeuten hat? Oder ist das wieder eins von den großartigen Geheimnissen?»

«Ist kein Geheimnis. Wir wollen uns etwas dazuverdienen. Kriegst auch was ab, Jungchen, wenn du die Karre heil ans Ziel bringst. Also paß auf!»

«Die Bullen haben uns sowieso bald am Arsch.»

«Ich wette dagegen. Obacht am Leverkusener Kreuz! Wir biegen auf die A 1 in Richtung Wuppertal. Hast du das geschnallt?»

Lascheck knurrte Zustimmung. Er mußte aufpassen, daß er sich richtig einordnete. Die Raser setzten ihm zu. Das Lenkrad war glitschig von seinem Schweiß. Außerdem knallte ihm die Sonne ins Gesicht. Sikora fummelte an den Radioknöpfen, fand aber nicht die Musik, die er suchte. «Heiteres mag ich am liebsten», sagte er.

Lascheck fand sich zurecht im verknoteten Trassengewirr des Autobahnkreuzes. Bis zum Anstieg bei Remscheid war es leicht, dann mußte er sich höllisch konzentrieren, weil die Spur im Baustellenbereich so schmal war. Der Mann hinter ihm stöhnte prustend.

«Und wenn der erstickt?» fragte Lascheck.

«Der erstickt nicht.» Sikora spuckte den Priem nach draußen. «Nächste Abfahrt raus und dann Richtung Haan und Velbert.»

Der plötzliche Luftzug fegte den süßlichen Geruch aus dem Cockpit. Lascheck atmete durch. «Vielleicht verrätst du mir mal, wo wir überhaupt hinfahren. Besonders viel Saft ist nicht mehr im Tank. Fuffzig Kilometer, mehr ist nicht mehr angesagt.»

«Wir fahren zu unserem schönen Volvo!» Sikora kam sich offenbar sehr witzig vor. «Auf die Dauer macht mir dieser Schlitten keinen Spaß. Rundfahrt durchs Bergische Land. Hubsy wartet schon auf uns. Hau mal saftig auf den Pinn!»

«Ihr wollt die Ladung klauen. Seh ich das richtig?»

«*Wir*, Junge, *wir*! Du gehörst auch dazu. Warum vergißt du das eigentlich immer? Glückspilz. Hat der Chef dir nicht gesagt, du bist ein Glückspilz?» Er schnitt sich ein frisches Stück Kautabak ab. «Bis zum Steinbruch reicht der Sprit dicke. Möchtest du ein Stück?»

«Bäh!» sagte Lascheck und betätigte den Blinker, weil sie die Ausfahrt erreicht hatten. Er wollte fragen, was mit dem betäubten Mann geschehen werde, aber er fragte nicht, weil Sikora garantiert nur irgendwelchen Stuß absondern würde.

Auf Landstraßen mit engen Ortsdurchfahrten und spitzen Kehren näherten sie sich ihrem Ziel. Lascheck kurbelte am Steuerrad wie ein Weltmeister und ertappte sich bei dem Gedanken, daß ihm die Fahrerei gefiel. Aber dann hatte die Wirklichkeit ihn wieder: Der Mann hinter ihm begann zu winseln wie ein kleiner Hund.

Sikora drehte sich um.

«Schlag ihn nicht!» schrie Lascheck.

«Gemütsmensch, wie? Mach dir nicht die Hose naß, Jungchen! Ich will bloß prüfen, ob er sich nicht losgestrampelt hat. Sonst springt er dir noch ins Steuer, und wir machen plumps. Wolln wir doch nicht, hm?»

Der Druck der Blase wurde unerträglich. Wenn Sikora doch bloß nicht von Naßmachen geredet hätte! Lascheck fühlte, wie es ihm warm den Oberschenkel hinunterlief. Er empfand das als so demütigend, daß sich sofort Atemnot einstellte.

Klapp bloß nicht zusammen! redete er sich ein. Mach bloß nicht schlapp! Denk an was Schönes! Denk an das Mädchen! Wie ist der Name? Maria. Gut. Und weiter? Maria Esteban. Sehr gut. Hört sich an wie Musik. Mit solchen Gedanken schaffte Lascheck die Fahrt bis ans Ziel.

Hubsy wartete schon und hüpfte wie Rumpelstilzchen. «Klüngelfötte, was ihr seid! Langsamer ging's wohl nicht? Jetzt aber mal volles Rohr!»

Die beiden Lastwagen standen dicht nebeneinander. Sie wuchteten die großen Kartons von einer Ladefläche zur anderen und waren in Schweiß gebadet. Lascheck ahnte, daß es um Zigaretten ging. Er fragte sich unentwegt, woher Hubsy und Sikora diese Sicherheit nahmen, daß sie hier nicht entdeckt würden. Ein Forstbeamter, ein Spaziergänger oder eine Polizeistreife konnte sie doch leicht entdecken in diesem offenen Gelände. Waren die beiden Männer so abgestumpft und phantasielos, oder machte die Aussicht auf großen Reibach sie so blind? Und was würde mit dem Mann geschehen, der gefesselt und mit einem Tuch vor den Augen hilflos in der Koje lag?

«Nicht einpennen!» schrie Hubsy Lascheck an.

«Sind wir hier auf dem Kasernenhof?» gab Lascheck zurück.

Sikora sagte mit einfältigem Grinsen: «Zeit ist Geld.»

Sie brauchten länger als eine Stunde, bis sie die letzte Palette geleert hatten und bis der Laderaum des Volvo vollgepackt war. Hubsy stieg wieder in den Caravan.

«Was wird denn mit dem Mann?» schrie Lascheck. «Den können wir doch nicht einfach schmoren lassen!»

Hubsy winkte lässig ab. «Ich hab ihm die Fesseln gelokkert. Der kommt schon von alleine frei. Ihr fahrt jetzt sofort zum Bartschatt. Also dann!» Er fuhr davon.

Lascheck glaubte ihm das mit den gelockerten Fesseln nicht. Er überlegte fieberhaft, aber ihm fiel nicht ein, wie er dem Mann helfen könnte. Sikoras lauernder Blick belagerte ihn geradezu.

«Wollt ihr die Gammel alle selber rauchen?» fragte Lascheck, um Zeit zu gewinnen. «Wie wollt ihr denn so eine Menge unter der Hand verhökern? Das sag mir mal!»

«Bartschatt. Hast du doch grad gehört. Bartschatt hat ne Riesenfirma. Zigarettenautomaten quer durchs Land. Der ist spitz auf solche Ware. – Sag mal, du, horchst du mich etwa aus?»

«Red doch keinen Käse! Mich würd nur interessieren, was die Fuhre denn so ungefähr wert ist. Weißt du doch sicher.»

Sikora warf sich in die Brust. «Klar, daß ich das weiß. Anderthalb Millionen. Schöner Schnitt, was? Und jetzt sag ich gar nichts mehr. Jetzt stechen wir los. Bartschatts Lager ist in Essen-Werden. Findest du den Weg nach Werden allein?»

«Sicher», sagte Lascheck.

«Fein. Dann schlaf ich mal son Ströfchen. Ab geht die Post!»

«Klar, schlaf mal schön! Tut ihr doch alle: schlafen. Ich schätze, ihr habt keine Ahnung, für wen ihr in Wirklichkeit die Kastanien aus dem Feuer holt. Von wem kriegt ihr denn solche Tips? Ich meine, so Sachen wie heute. Wer ist denn der große Macher im Hintergrund? Ihr wißt nix! Ist ja auch piepe. Ihr seid bloß geil auf die Knete. Aber wenn so ein Ding mal hochgeht, wer wandert denn dann in den Knast? Doch nicht der Saubermann im Hintergrund!»

«Du mußt grad so tönen, du Spritklauer!»

«Wollen wir wirklich den dünnen Mann da im Wagen liegenlassen? Mensch, wenn der erstickt! Das kannst du doch nicht zulassen, Sikora! Wenn der keine Luft mehr kriegt durch die Nase, dann...»

«Soll ich dir mal was sagen, Jungchen? Du kümmerst dich verflucht auffällig um Sachen, die dich einen feuchten Schmutz angehen. Meint Hubsy auch. So Oberschlaue wie du, die leben ganz schön gefährlich. Das ist ne Warnung, kapiert? Du sollst die Kiste fahren und nix hören und nix sehen und nix sagen. Kennst ja die drei Äffken. Und jetzt fahr die Kiste!»

Laschecks Antennen signalisierten Gefahr. Er war zu weit gegangen. Sikora würde alles, was er gerade gesagt hatte, den beiden anderen Männern brühwarm weitererzählen. Ich muß jetzt höllisch aufpassen, dachte Lascheck. Er ließ den Volvo anrollen. Keine Indianer mehr hoch über den Sandsteinterrassen, die Szene wirkte erbärmlich.

Sikora schlief sofort ein und schnarchte zischelnd und

blubbernd, weil er den Mund voll Kautabak hatte. Lascheck hatte keine Mühe, den Volvo nach Werden zu chauffieren. Die Sonne brachte den Laubwald zum Leuchten, Wattewolken spiegelten sich im Wasser der Ruhr, das Grünspandach der Abteikirche ragte wie ein Pfeil aus dem Häusergewirr. Lascheck stieß Sikora den Ellenbogen in die Seite.

«An der Ruhrbrücke nach rechts und dann sofort wieder links, wenn wir bei der Ampel sind. Kannst du nicht verfehlen. Und am Springbrunnen geht's dann zum Pastoratsberg hoch.»

Lascheck mußte ganz runterschalten, als sich die Straße zur Auffahrt verengte. Die Lagerhalle war lila und grün gestreift. Gleich dreimal nannten windschnittige Schriftzüge den Firmennamen: *Bartschatt*. Sikora zeigte Lascheck den Weg zur Laderampe. Ein flinker Typ in weißem Staubmantel grüßte per Handzeichen. Offenbar war die Fuhre erwartet worden. Ein Gabelstapler kam auch schon gerollt.

Als Sikora sich mit einer Flasche Bier in die Sonne setzte, fragte Lascheck den Kittelmann, ob er vielleicht mal eben telefonieren könne. Da gebe es eine Unstimmigkeit in den Begleitpapieren, da müsse er doch kurz Rücksprache nehmen mit der Firma.

«Was für Begleitpapiere?»

«Für die nächste Fracht. Wir müssen in Wattenscheid Preßspanplatten laden. Aber hier fehlt die Hausnummer auf dem Schein.»

Der Mann zeigte zu dem Wandapparat im Flur der Halle. «Knöpfchen drücken, dann haben Sie ein Amt.»

Lascheck nickte und beeilte sich. Sikora konnte ihn jetzt

nicht sehen. Als er das Freizeichen hörte, wählte er 1-1-0. Er hatte ein Papiertaschentuch über die Sprechmuschel geknubbelt. Die Polizeistation meldete sich sofort.

«Im Sandsteinbruch bei Mettmann», flüsterte Lascheck, «da steht ein Lastzug, und in der Fahrerkabine liegt ein gefesselter Mann. Beeilen Sie sich!»

«Hallo, wer sind Sie? Sagen Sie doch Ihren Namen!»

Lascheck hängte ein.

Die Kartons waren erstaunlich schnell abgeladen. Sikora redete einige Sätze mit dem Mann im Staubmantel, Lascheck wartete bereits im Wagen. Der Gabelstaplerfahrer winkte Lascheck zum Abschied zu und schlenderte mit einem Henkelmann an der Hand zu dem niedrigen Anbau, hinter dessen Fenster ein paar Männer und Frauen am Tisch saßen.

«Ich hab auch mächtig Kohldampf», sagte Sikora beim Einsteigen. «Also ab zum Heimatstall. Ist ja mal wieder alles bestens gelaufen. Findest du nicht?»

«Klar», antwortete Lascheck, «bestens.»

Als sie eine knappe Stunde später den Volvo auf dem Werkshof abstellten, erlebte Lascheck zwei Überraschungen.

Der Chef empfing ihn mit einem Gesicht, dessen Züge offenbar ein Lächeln ausdrücken sollten. «Prima Arbeit, Lascheck, richtig sauber!» Er drückte ihm einen Umschlag in die Hand. «Achthundert Mäuse. Dein Anteil. Versauf nicht alles, sonst schimpft Mutti. Und jetzt hast du erst mal Feierabend. Kleine Betriebsferien, du verstehst? Du hörst von uns, wenn wir wieder Arbeit für dich haben.» Das Gesicht war nun nicht mehr freundlich. «Daß du mir bloß die Schnauze hältst! Du redest mit niemandem über unsere kleinen Sonderfahrten, kapiert? Auch nicht im Suffkopp. Keine Andeutungen, nichts! Wir haben dich in der Hand, und du steckst bis zum Stehkragen mit drin. Das schreib dir ganz dick hinter die Ohren. So, nun laß dir was. Hol deine Klamotten und verdufte!»

Lascheck wußte nichts zu sagen, es gab ja auch nichts zu sagen. Im Duschraum zog er seinen Motorradanzug an. Das Gefühl, wieder in Leder zu sein, machte ihn seltsam sicher. Er ging nach draußen. Keiner der drei Männer war zu sehen. Auch das Mädchen war nicht zu sehen, aber ihre Jacke hing an dem Wandhaken im Büroverschlag. Lascheck sagte sich: Ich kann doch nicht einfach losdonnern, als wär nichts gewesen!

Als er zu seiner Maschine kam, haute ihn die zweite Überraschung beinahe aus den Stiefeln. Da war ein Zettelchen um den Gasgriff gewickelt. Lascheck las: *Es ist wichtig. Ich muß mit Ihnen sprechen. Heute um 20 Uhr im Big Ape in Düsseldorf. M. E.*

Lascheck war trunken vor Freude, als er über die Autobahn nach Norden raste und seinem Hengst die Sporen gab.

Die Frau, die sich bei dem krummbeinigen Mann mit der Stirnglatze nach dem Weg zur Sauerkrautfabrik erkundigte und dabei von der Bulldogge verbellt wurde, war eine Polizeibeamtin. Der Mann, der hoch auf der Teleskopbühne des Elektrowagens turnte und die Leuchtröhren der Peitschenlampen prüfte, gehörte zu Katzbachs Leuten. Auch die Arbeiter, die mit dem Absaugrohr am Gullyschacht hantierten, waren Kripomänner. Sie mußten achtgeben in diesem abgelegenen Industrie- und Gewerbegebiet, in dem nur selten Menschen herumliefen, und die Autos, die hier fuhren, wurden zielstrebig in dieses oder jenes Werksgelände gesteuert. Wohnhäuser gab es hier nicht.

Seit dem Morgen tasteten sich die Spezialisten der Kriminalpolizei systematisch an das Gelände der Reparaturwerkstatt für Landmaschinen aller Art heran. Ein Fehler, eine Unaufmerksamkeit, eine auffällige Aktion konnte den gesamten Einsatz platzen lassen. Also gingen sie mit größter Behutsamkeit vor und riskierten nichts. In ausreichender Entfernung installierten sie Kameras und Richtmikrofone und sicherten alle möglichen Fluchtwege. Die Arbeit wurde dadurch besonders kompliziert, daß zwei Abteilungen kooperieren mußten, die beide die Priorität für sich in Anspruch nahmen und gute Gründe dafür hatten.

Es galt, die Bewegungsabläufe der observierten Personen festzuhalten und Schlüsse daraus zu ziehen. Katzbach hätte gern an dem Volvo einen Peilsender anbringen lassen, doch das schien nach Lage der Dinge nicht möglich zu sein. Der Laster war gegen Mittag mit zwei Männern im Führerhaus zurückgekommen und stand nun mitten auf dem Firmenhof. Auch die anderen Fahrzeuge wurden gesichtet: ein VW-Bulli, ein Opel-Caravan, die grüne Ente und eine schwere Honda. Der Mann, der den Caravan gefahren hatte, war um 11 Uhr 21 zur Werkstatt zurückgekommen. Vier Männer und das Mädchen befanden sich innerhalb der Mauern. Ab jetzt würde man niemanden von ihnen mehr aus den Augen lassen.

Zumindest war das so geplant. Aber als dann das Motorrad aus dem Tor geschossen kam, waren die zwei Männer, die am Ortsausgang von Hösel warteten, total überfordert. Zwar hatte man ihnen per Walkie-talkie den Kradfahrer gemeldet, doch was sollten sie mit ihrem Taunus gegen die schnelle Maschine ausrichten! Schon vor der Autobahn verloren sie die Honda aus dem Gesichtsfeld. Die mobile Streife am Breitscheider Kreuz konnte nur Fehlanzeige melden. Der Ledermann blieb verschwunden.

«Fein», sagte Katzbach, «das fängt ja gut an.»

Sie hatten, zwei Kilometer entfernt, in einem ganz normalen Bus der Düsseldorfer Verkehrs-AG eine Einsatzzentrale eingerichtet, die zu Katzbachs Ärger Kommandostand genannt wurde. Er haßte diese militärischen Floskeln. Ihm kam der augenblickliche Materialaufwand außerdem zu aufgebläht vor. Wieder einmal bestand die Gefahr, daß der zweite Schritt vor dem ersten getan wurde. Der schnelle Erfolg täuschte dann darüber hinweg, daß nur kleine Fische ins Netz gegangen waren.

«Wir können nicht mehr lange warten», sagte Lioba Steinfeld, die in ihrem Safarilook ein bißchen wie eine Großwildjägerin wirkte, «ich stehe scheußlich unter Druck. Das Innenministerium macht mir die Hölle heiß. Die wollen endlich ein vorzeigbares Ergebnis unserer Recherchen sehen. Verhaftungen, Fakten für eine Anklage, was Vorzeigbares für die Öffentlichkeit. Nach der Häufung der Rheinkatastrophen stehen die Zeichen auf Sturm. Die Bevölkerung hat das Gelaber satt. Den Bundesumweltminister haben sie bei der Pressekonferenz mit Tomaten beschmissen.»

«Wir müssen aber warten», erwiderte Katzbach. «Erstens sind wir nicht die PR-Abteilung des Ministeriums, und zweitens lügen wir uns selbst in die Tasche, wenn wir hier Kosmetik betreiben. Als ob das unsere Arbeit erleichterte, wenn wir uns hier nur mit der Spitze des Eisbergs befaßten. Die Schweinereien gehen dann eben auf einer anderen Schiene weiter.»

«Ich weiß», sagte Lioba Steinfeld und sah müde aus. Sie hatte in diesen Fall eine Menge Energie investiert. «Jetzt müssen Sie noch *drittens* sagen, Herr Kollege.»

Katzbach nahm ein Zigarillo aus der Blechdose. «Versteht sich das nicht von selbst? Bitte, wenn Sie wollen! Drittens ermitteln wir auch in einem Mordfall. Ich will den Verantwortlichen haben, und der Täter ist nicht immer der Verantwortliche. Aber wem sage ich das!»

«Eben.» Lioba Steinfeld preßte sich den Kopfhörer ans Ohr, weil von irgendwo eine Nachricht durchgegeben wurde. Dann sagte sie: «Auf was wollen Sie eigentlich warten?»

«Auf jemanden, der den Kontakt herstellt zu dem, der die Puppen tanzen läßt. Die Marionetten interessieren mich nur sekundär. Den Spieler dahinter, den müssen wir fangen. Es reicht aber nicht, daß wir ihn kennen. Wir brauchen Beweise.»

«Kennen Sie ihn denn?» fragte Lioba Steinfeld erstaunt.

«Sie kennen ihn auch», sagte Katzbach und pustete Rauch durch die Nasenlöcher. «Ich hoffe, die Spanierin spielt für uns den Scout.»

«Müssen Sie so paffen?» Lioba Steinkamp wedelte mit den Händen. «Wie kommen Sie denn ausgerechnet auf die?»

Picht biß in seine Möhre. «Fragen Sie ihn nicht. Er kann

es Ihnen nämlich nicht erklären. In unserer Abteilung lacht keiner mehr über die legendären Kater-Instinkte.»

Er zeigte mit dem Möhrenrest auf Katzbach. «Also konzentrieren wir uns jetzt auf das Mädchen?»

Katzbach hatte nicht zugehört. Er sagte: «Nein, eigentlich muß ich nicht so paffen.» Er dachte: Ich muß so bald wie möglich mit ihr sprechen. Maria Esteban ist der Schlüssel. Aber wir müssen aufpassen, daß ihr nichts geschieht.

Die Kommissarin fragte: «Also, was denken Sie, wann wir zuschlagen können?»

«Morgen. Ganz früh. Aber erst morgen.»

«Katzbach!» schrie Lioba Steinfeld. «Der Innenminister bringt mich eigenhändig um!»

«Dann werde ich ihn verhaften», sagte Katzbach.

Picht hatte vor Schreck die Möhre verschluckt.

Wieder gerieten ihr die Gedichtzeilen in ihre Gedanken. Los pájaros nocturnos picotean las primeras estrellas, que centellean como mi alma cuando te amo. Ja, ja, sie hatte damals dieses Gedicht für ihn übersetzt, als Roland wissen wollte, was das auf deutsch heißt, was sie sang. Damals? Wie unendlich lang war das her! Die Vögel der Nacht picken die ersten Sterne auf, die wie meine Seele, wenn ich dich liebe, funkeln. Da hatte Roland sie geküßt. Wer hatte das Gedicht geschrieben? Warum ging es ihr nicht aus dem Kopf? War denn nicht alles erfroren, was an Roland erinnerte? Dann fiel ihr dies ein: Triste ternura mia, qué te haces de repente? Roland hätte jetzt den Finger auf ihre Lippen gelegt und gesagt: Sag es so, daß ich es auch verstehe! Würde sie es ihm sagen? Sie sagte es laut: «Du meine traurige Liebe, was ist dir auf einmal?» Maria freute sich, daß sie weinen konnte.

Sie mußte tanken, das war wichtig. Sie mußte jetzt klar und logisch denken. Ob sie sich auf den Neuen verlassen könnte? Lascheck. Was für ein komischer Name! Aber wen sollte sie sonst fragen? Sie würde auch von Rolands Geld nehmen. Er hatte es ihr gegeben, damit sie es für die Reise aufbewahrte. Bei dir ist es sicherer: das hatte er gesagt. Nun verstand sie es. Er brauchte das Geld nicht mehr, sie brauchte es jetzt.

Der Chef hatte den Laden schon am Nachmittag geschlossen. Einen Grund hatte er nicht genannt. Gut, das kam ihren Plänen entgegen. Sie lenkte den 2 CV in die Ausfahrt zur Tankstelle. Sie würde die Ente bald nicht mehr brauchen. Ob Lascheck kommen wird? dachte sie.

Den dunklen Scorpio, der ebenfalls an der Großtankstelle gehalten hatte und der ihr nach Düsseldorf hinein folgte, bemerkte Maria nicht. In ihrer Wohnung, die ihr jetzt schon fremd war, räumte sie Schränke und Regale aus. Nur Wichtiges packte sie in die zwei Koffer, anderes legte sie in der Zimmerecke zu einem Stapel zusammen. Dann wurde sie von einer eigenartigen Säuberungswut befallen, und sie scheuerte und wusch und fegte, daß sie bald ganz außer Atem war. Sie zog sich bis auf den Slip aus und arbeitete weiter. Auf einmal fühlte sie starkes Heimweh.

Genau um 19 Uhr 30 verließ Maria wieder das Haus. Sie fuhr in die Innenstadt. Jetzt, nach Geschäftsschluß, war es nicht schwer, einen Parkplatz zu finden. Der große Neonaffe über dem Eingang leuchtete schon. Das Big Ape war also geöffnet. Am Tresen lungerten ein paar geschniegelte Typen, die riefen ihr grölend allerlei Blödsinniges nach, doch das ließ sie an sich abtropfen. In den Nischen kuschelten sich Verliebte. Maria ging quer über die leere Tanzfläche und setzte sich unter einer künstlichen Palme an eins der schwarzlackierten Tischchen. Sie hatte die Wand im Rücken. Der Kellner im engen Satinhemd lächelte anzüglich. Sie bestellte Jasmintee.

Lascheck kam pünktlich. Er bewegte sich ein bißchen unsicher, eben wie einer, der Stehbierhallen gewöhnt ist und nicht solche Lokale. Die Ledergekleideten, die hier verkehrten, waren in Nappa und trugen keine Sturzhelme unter dem Arm. Als Lascheck Maria sah, winkte er ihr lebhaft zu und kam schnell an ihren Tisch.

«Komm ich zu spät? Ich mußte diesen Feudalschuppen erst suchen. Wann bin ich schon mal in Düsseldorf. Was trinkt man denn hier so?» Er setzte sich und knetete die Hände.

«Schön, daß du kommst!» Maria sagte wie selbstverständlich du zu ihm, und sie sah, daß auch ihm das selbstverständlich schien. «Das ist kein Feudalschuppen, die machen nur mächtig auf Show. Das ist so in dieser Stadt. Magst du Tee trinken?»

«Bloß nicht!» Lascheck wehrte entsetzt ab. «Tee trink ich nur, wenn ich krank bin. Pils wär mir lieber. Aber ich kann doch selber ...»

«Ein Pils!» rief Maria dem Kellner zu.

Dann drehte jemand die Musik hoch, daß die Bässe den Fußboden zum Zittern brachten. Sie hatten alte Titel von Frank Zappa aufgelegt. *Jazz from Hell*. Maria und Lascheck mußten sich erst an die Lautstärke gewöhnen, bis sie weiterreden konnten. Der Kellner brachte das miserabel gezapfte Pils.

«Stark, daß du mir den Zettel an die Maschine gemacht hast. Ich weiß gar nicht, wie ich das so sagen soll. Ich dachte ja erst, du fändst mich bescheuert, weil ich ja heut morgen wohl was Falsches gesagt habe.»

«Das ist jetzt nicht mehr wichtig.» Maria gab sich Mühe, Laschecks Blick einzufangen. «Wichtig ist, daß wir uns zusammentun gegen die anderen. Mindestens möchte ich, daß du mir hilfst. Jetzt sag mir, ob ich auf dich zählen kann.»

Lascheck wischte sich Schaum von der Nase. «Ich glaube, ich versteh das nicht so richtig.» Er wirkte enttäuscht, ernüchtert, jedenfalls mauerte er. «Wovon redest du eigentlich?»

Maria legte für einen Augenblick die Hand auf seine Hand. Sie spürte, daß ihn das elektrisierte. «Du wirst ja wohl inzwischen gemerkt haben, daß sie dich für ihre krummen Touren mißbrauchen. Bist du käuflich? Willst du das widerspruchslos mitmachen? Oder willst du mir helfen, denen das schmutzige Handwerk zu legen?»

«Ich glaube, die haben mich in der Hand», antwortete Lascheck kleinlaut. «Außerdem kann ich das Geld gut gebrauchen, weil ich nämlich massiv Schulden hab. Aber andererseits... andererseits...» Er wurde lauter. «Was die machen, das sind verdammte Schweinereien! Du hättest das sehen sollen, wie die den dünnen Mann niedergehauen haben. Sikora und Hubsy. Der hätte glatt dabei draufgehen können!»

«Nicht so laut!» bat Maria. «Einer ist schon draufgegangen.» Jetzt brauchte sie Zeit, um die Nerven unter Kontrolle zu halten, denn sie bebte bis in die Haarwurzeln. «Roland Georgy. Denkst du wirklich, daß der Selbstmord begangen hat?»

«Aber es stand doch in der Zeitung!»

«Seit wann ist etwas wahr, weil es in der Zeitung steht? Sie haben ihn auf dem Gewissen. Der Chef und Hubsy und Sikora. Ich kann das nicht beweisen, aber ich schwöre dir bei meinem Leben, daß er sich nicht selber getötet hat.» Maria griff nach dem Teeglas, aber sie konnte nicht trinken, weil ihre Hand zu stark zitterte. «Wenn du ihnen zu gefährlich wirst, werden sie dich auch verschwinden lassen.»

Lascheck sagte: «So was Ähnliches hab ich mir auch schon gedacht. Der Sikora, der hat solche Bemerkungen gemacht. Da ist mir ganz schummerig geworden im Bauch. Aber die haben mich in der Hand und ...»

«Unsinn!» sagte Maria scharf. «Red dir doch das nicht ein. Ist es nicht umgekehrt? Du hast sie in der Hand. Ich hab sie in der Hand. Wir haben sie in der Hand. Und jetzt frage ich dich noch einmal: Willst du dich mit mir zusammentun gegen die anderen?»

Lascheck quälte sich. «Mal abgesehen von deren Scheißspiel: Meinst du im Ernst, die hätten den Georgy eiskalt absorbiert? Warum sollten sie denn? Man bringt doch nicht einfach einen um!»

«Leiser! Leiser!» Maria hob warnend die Hände. «Roland Georgy wollte aussteigen. Sie hatten ihn zu einer ganz schlimmen Sauerei gezwungen. Ich weiß nicht, was es war. Er wollte mich raushalten, darum hat er es mir nicht gesagt. Wahrscheinlich hatten sie Angst, er würde sie bei der Polizei anzeigen.» Maria preßte die Fäuste auf die Augen. Bloß jetzt nicht weinen! hämmerte sie sich ein. Du hast deinen Plan, also reiß dich zusammen! «Es hat wie ein Selbstmord ausgesehen, aber es war ein Mord.»

«Der alte Mann und Hubsy und Sikora?» Lascheck schien das alles nicht glauben zu können. «Denkst du wirklich, die sind zu so was fähig? Brutalinskis, klar, Brutalinskis sind die, aber . . .»

«Wenn jemand denen sagt, was sie zu tun haben, dann tun die das. Die brauchen Befehle. Da ist ein Mann, von dem kenne ich nur die Stimme. Der hat die Ideen und gibt die Befehle. Um den geht es, denn der trägt die Verantwortung. An den müssen wir ran.»

«Aber wie?»

«Ich weiß es noch nicht. Wahrscheinlich über den Chef. Der alte Mann ist wahrscheinlich der einzige, der den Kontakt mit ihm herstellen kann. Ich schaffe es nicht allein. Darum bitte ich dich um deine Hilfe.»

«Das ist gefährlich, ja?»

«Ja, Lascheck, das ist gefährlich. Denk an Roland Georgy. Der Mann im Hintergrund ist schlau und gefährlich.» Maria spielte jetzt ihre Trumpfkarte aus. «Ich kann es gut verstehen, wenn du Angst hast. Ich hab ja auch Angst. Sag einfach, daß du nicht mitmachen willst, und wir reden kein Wort mehr davon. Also.»

Der Ledermann Lascheck saß plötzlich kerzengerade auf seinem Stuhl. Er schien eine Entscheidung getroffen zu haben. Es sah aus, als wollte er das Bierglas zerdrücken. «Du und Roland Georgy, ihr wart . . .»

«Ja», sagte Maria, »wir waren.»

«Du willst seinen Tod rächen?»

«Ich will wissen, wer der Verantwortliche ist, und ich will, daß er zur Verantwortung gezogen wird. Genau das will ich.»

«Davon rede ich doch», sagte Lascheck. «Du kannst auf mich zählen.» ·

Maria faßte Lascheks Hand und drückte sie. «Wir sind jetzt Verbündete. Ich würde mich sicherer fühlen, wenn wir eine Schußwaffe hätten. Bei denen muß man mit allem rechnen. Kannst du einen Revolver besorgen?»

«Wow!» Lascheck legte die Handflächen auf den Tisch und spannte die Muskeln an. «Du haust ja voll rein. Weißt du, was so eine Wumme kostet? Die kriegst du nicht für nen Heiermann.»

«Kannst du eine besorgen?»

«Ich könnte es versuchen. Am Duisburger Bahnhof, da kenn ich eine Pinte, da kann man so ziemlich alles kaufen, wenn man's bezahlen kann.»

Maria schob Lascheck einen Briefumschlag zu. «Zweitausend. Wird das reichen? Ein paar Patronen brauchen wir auch. Man kann ja nie wissen.»

Lascheck war sehr überrascht. «Ich will's versuchen. Meinst du, jetzt sofort? Es ist schon spät und...»

«Ja, ich meine, du solltest es jetzt sofort versuchen. Wir dürfen keine Zeit verlieren. Du hast doch einen Helm für den Beifahrer?»

Maria beschrieb Lascheck, wo sie wohnte. Sie werde die ganze Nacht auf ihn warten, sagte sie. Und ganz früh am Morgen müßten sie sich ans Werk machen. Über den alten Mann kämen sie an den Unbekannten heran. Lascheck und Maria redeten sich auch Mut zu. Dann stand Lascheck auf. Ja, den Helm werde er mitbringen.

«Was ist mit dir?» fragte er.

«Ich will noch ein paar Minuten hier sitzen. Manchmal war ich mit Roland hier. Verstehst du?» Sie schaute Lascheck nach und dachte: Jetzt sieht er aus wie Lanzelot.

Es setzte Katzbach immer wieder in Erstaunen, wie schnell sich eine lärmende City in eine beinahe gespenstisch leere Szene verwandelte. Schaufensterpuppen wirkten auf einmal bedrohlich, die Reklameschilder wurden zu surrealen Gemälden.

Plötzlich kam der Ledermann mit hastigen Schritten, schaute einen Moment den großen Leuchtaffen an und zog die Tür zum Big Ape auf. Musik quoll heraus und verstummte abrupt, als die Tür sich schloß.

«Sieh da, sieh da», sagte Katzbach, «unser Motorradfahrer ist wieder aufgetaucht. Mit ihm will sie sich also treffen. Warten wir noch ein paar Minuten.»

Picht nickte eifrig. «Ich hab's nicht so eilig, in diesen Lärm reinzukommen. Wahrscheinlich werden mir die Ohren abbrechen. Du meinst nicht, daß wir hier unsere Zeit verplempern?»

«Nein, das meine ich nicht.»

Ungefähr fünf Minuten warteten sie, dann betraten sie das Lokal. Am Tresen waren alle Hocker besetzt, und auch in den Wandnischen, die von den funzligen Lämpchen theatralisch rot beleuchtet wurden, schienen alle Bänke gedrängt voll zu sein. Auf der Tanzfläche standen vier Leute mit hochgekämmtem farbigem Haar und bewegten sich kaum.

Aus einer Nische reckte sich ein Arm wie eine Schranke.

«Was wollt ihr Opas denn hier?» fragte einer unter dem Gelächter der anderen.

Katzbach faßte den Arm und sagte: «Die Opas werden dir den Popo versohlen, wenn du nicht ganz still bist.»

Der Junge war dann ganz still, denn er hatte das Gefühl, daß ihm der Mann um ein Haar den Arm gebrochen hätte. Er griff mit der anderen Hand rasch nach seinem Glas.

Katzbach sah Maria Esteban und den Ledermann jenseits der Tanzfläche an einem kleinen Tisch sitzen. Maria Esteban schien intensiv auf den jungen Mann einzureden. Die Spotlights warfen immer neue Farbbündel auf die Gesichter der beiden. Picht stieß Katzbach an und wies mit dem Kinn auf einen leeren Tisch unter einem Leuchtkasten, dessen bleiverglaste Formen ein Krokodil erkennen ließen. Als der Kellner kam und mit seinem Gesichtsausdruck signalisierte, daß dies eigentlich ein Schuppen für junge Leute sei, bestellte Katzbach einen Gin-Fizz und Picht einen Milchshake mit Schokoladenstreusel.

«Ich kenne gemütlichere Pinten!» knötterte Picht.

Katzbach grinste. «Dir fehlt das richtige Feeling.»

Sie sahen, daß Maria Esteban bisweilen die Hand des Ledermannes berührte. Der nippte hin und wieder an seinem Pils und schien nur wenig zu sprechen. Wegen des farbigen Lichtes wirkten die beiden wie Schauspieler auf einer Bühne.

Plötzlich stand der Ledermann auf und ging eilig hinaus. Maria Esteban schaute ihm nach, und Katzbach hatte den Eindruck, daß sie wie verträumt lächelte.

«Soll ich ihm nach?» fragte Picht.

«Laß nur», sagte Katzbach, «er hängt dich sowieso ab. Außerdem ist es mir lieber, wenn er sich unbefangen bewegt. Sieht aus, als hätte er gerade einen wichtigen Auftrag bekommen. Oder sehe ich weiße Mäuse?»

«Die siehst du doch immer. Was nun?»

«Jetzt fragen wir die Dame, ob wir an ihrem Tisch Platz nehmen dürfen. Was denn sonst? Schnapp dir dein widerliches Gesöff, Jochen!» Katzbach stand auf und umrundete die Tanzfläche. Es störte ihn kaum, daß ein paar Leute feixten.

Maria Esteban erschrak.

«Mein Name ist Katzbach. Das ist Herr Picht. Wir sind von der Kriminalpolizei. Wenn wir uns zu Ihnen setzen könnten, wär das alles ein wenig unkomplizierter. Haben Sie etwas dagegen?»

Die Frau schien zu überlegen. Dann sagte sie: «Bitte!»

Katzbach setzte sich. Picht nahm sich einen unbesetzten Stuhl vom Nebentisch. Maria Estebans Blick war abweisend und aufmerksam zugleich. Sie hatte sich gut unter Kontrolle, nur die Hände verrieten, daß sie aufgeregt war. Katzbach war es gewohnt, mehr auf die Hände der Menschen zu achten als auf die Gesichter, die ohnehin immer auf die jeweiligen Rollenspiele trainiert waren.

«Bitte, sagen Sie noch einmal Ihren Namen», forderte die Frau.

«Katzbach. Sagt Ihnen das irgend etwas?»

«Nein. Wieso?»

Katzbach spürte, daß sie nicht die Wahrheit sagte. Er ging auf Ihre Frage nicht ein. «Sie haben uns einen Brief geschrieben?»

«Habe ich das?» Maria Esteban verzog die Lippen. «Ich habe in meinem ganzen Leben noch nie einen Brief an die Polizei geschrieben. Warum sollte ich auch?»

«Zum Beispiel, um uns wissen zu lassen, daß sich Ihr Freund in Gefahr befand. Sie hatten ja auch recht mit dieser Vermutung. Ich weiß, daß es Sie nicht tröstet, aber ich sage es trotzdem: Es tut mir leid, daß wir diesen Tod nicht verhindern konnten. Ihr Brief kam zu spät.»

Da ging etwas vor in der Frau. Offenbar wollte sie dem Wort *Tod* widersprechen, weil es ihr wohl zu ungenau war. Katzbach erkannte, daß sie heftig mit ihren Gefühlen zu kämpfen hatte. Sie faßte den Teelöffel, legte ihn wieder hin, schien den Schrei schon im Mund zu haben. Dann war ihr dunkles Gesicht wie leblos.

«Ich habe keinen Brief geschrieben. Übrigens stand in der Zeitung...»

Katzbach wischte das mit einer Handbewegung weg. «Sie wissen so gut wie wir, daß Roland Georgy sich nicht selbst getötet hat. Ich hatte erwartet, daß Sie uns helfen würden bei unseren Ermittlungen. Warum sind Sie so abweisend? Welchen Grund hat das?»

Der Kellner kam scharwenzelt. «Belästigen die Herren Sie?»

«Ich glaube nicht», sagte Maria Esteban, «es wird sich zeigen.»

«Ziehen Sie Leine!» knurrte Picht.

Maria Esteban fragte Katzbach: «Woher meinen Sie zu wissen, daß ich mit Roland Georgy befreundet war?»

Katzbach wartete, bis der Kellner außer Hörweite war. «Die Automatenfotos in Georgys Wohnung, die waren der erste Hinweis.»

«Sie waren in seiner Wohnung?» Da klangen Neugier mit und Erstaunen. Anscheinend wollte sie aber keine Antwort haben, denn sie stellte eine neue Frage. «Warum hätte Roland sich denn wohl in Gefahr befunden? Können Sie mir das sagen?»

«Weil er heimlich die Giftabfälle eines Eloxal-Betriebes transportiert und in den Rhein geschüttet hat. Zyanidlauge und Zyanidwasserstoffsäure. Vermutlich war ihm nicht klar, wie gefährlich dieses Zeug ist. Als er es begriff, wollte er vermutlich seine Auftraggeber anzeigen. Das ist nur eine Theorie, aber sie könnte der Wahrheit sehr nahekommen. Hat er mit Ihnen nicht darüber gesprochen?»

Hörte sie überhaupt zu? Offenbar dachte sie angestrengt nach. War das neu für sie, was sie gerade erfahren hatte? Hatte sie die Zusammenhänge nicht gewußt? Andererseits machte sie keinen Hehl daraus, daß sie der Polizei nicht helfen wollte bei der Aufklärung dieses Mordes. Was immer sie wußte: sie würde es nicht preisgeben. Sie spielte ein eigenes Spiel. Das machte Katzbach Sorgen. Picht schnaufte ungehalten.

«Was wollen Sie denn jetzt unternehmen?» fragte die Frau.

Katzbach wußte, daß er sich nun auf dünnes Eis begab. «Wir wollen mit unseren Ermittlungen zunächst in der Firma beginnen, für die er als Fahrer tätig gewesen ist. In der Firma also, in der Sie arbeiten. Es handelt sich um eine Reparaturwerkstatt für Landmaschinen, ja?»

«Warum fragen Sie! Ich nehme an, man hat mich in der letzten Zeit beschattet, denn sonst hätten Sie mich ja auch hier nicht gefunden. Aber wenn Sie von mir etwas über die Firma erfahren wollen, muß ich Sie enttäuschen. Ich schreibe Rechnungen, mache die Buchführung und die Lohnabrechnungen. Es ist eine Zeitarbeit ohne Anstellungsvertrag. Ich kann Ihnen gar nichts sagen.»

«Schade.» Katzbach lächelte so freundlich er konnte. Ihm war nicht nach freundlichem Lächeln. «Ich hatte wirklich auf Ihre Mitarbeit gezählt. Zum Beispiel hatte ich gedacht, Sie könnten uns erklären, was diese Firma außer den Reparaturarbeiten sonst noch treibt. Oder wer hinter den Extratouren steckt und wirklich das Sagen hat. Das zumindest müßten Sie doch sagen können!»

«Kann ich aber nicht, selbst wenn ich es...» Sie brach ab.

«Sie wollten sagen: Selbst wenn ich es wollte. Das erstaunt mich. Aber lassen wir das. Bedienen Sie auch das Telefon? Kommen die Gespräche von außen bei Ihnen an?»

Maria Esteban nickte. Sie legte fast lauernd den Kopf schief. «Regelmäßig ruft jemand an. Ein Mann mit einer lauten Stimme. Doch den kennen Sie ja besser als ich, denn Sie haben mit ihm gesprochen.»

Da wurde Picht hellwach. «Sie meinen Zantopp von den Rapido-Tours?»

Katzbach hätte seinem Kollegen in diesem Augenblick am liebsten den Kopf abgerissen. Er schaute Maria Esteban aus dem Augenwinkel zu. Die verräterischen Hände! Und das Gesicht: Katzenaugen jetzt, eine Spur von Triumph um den Mund. Sie blickte zu den farbigen Lichtern hoch und hatte grüne Reflexe auf der Stirn. Dann atmete sie hörbar aus. Die Spanierin hatte eine Falle aufgebaut, und Picht war voll hineingetappt. Zwei erfahrene Kriminalisten waren nach allen Regeln des Bluffs ausgetrickst worden. Katzbach wußte, daß das Gespräch beendet war. Picht schien erst jetzt zu ahnen, daß er einen Fehler gemacht hatte.

«Stehe ich eigentlich auch unter Verdacht?» fragte Maria Esteban und trug ihren Spott ziemlich offen zur Schau.

«Erwarten Sie wirklich eine Antwort?»

«Aber Sie werden mich weiter unter Beobachtung halten, ja?»

«Ich nicht», antwortete Katzbach, «ich fahre jetzt nach Hause.» Er sagte ihr nicht, daß ein anderer Beamter bereits auf der Straße wartete, um die Observierung zu übernehmen, und daß ein Beobachtungsposten vor dem Haus, in dem sie wohnte, eingerichtet war. Es spielte jetzt auch keine Rolle mehr. «Wir sehen uns morgen früh in Ihrer Firma. Sie fahren doch morgen nach Hösel?»

«Aber sicher», sagte Maria Esteban. «Wir sehen uns dann morgen früh.»

Katzbach winkte dem Kellner und bezahlte. «Sie bleiben noch?»

«Ja, ich bleibe noch. Ich habe hier manchmal mit Roland Georgy gesessen. Sie verstehen gewiß, was ich damit sagen will.»

Katzbach verstand. Er zog Picht mit nach draußen. Dann fuhren sie ins Präsidium, weil für den Morgen eine Menge zu organisieren war. Lioba Steinfeld wartete schon. Katzbach schaute lange aus dem Fenster. Trotz der nebligen Helligkeit, die über der Stadt lag, waren ein paar Sterne zu sehen. Picht wirkte erschöpft. Katzbach rauchte.

Schwere Flügel

Das Mädchen hatte ihn verhext. Lascheck verstand die Welt nicht mehr. Einer wie er war doch mit allen Wassern gewaschen. Schöne Augen, spitze Brüste, weicher Mund: o Mann! Da kriegt doch einer wie er nicht plötzlich wabblige Knie wie ein Pubertierender. Er war doch einer von den Harten und Ausgekochten. Cooles Grinsen, Augenschlitze wie Charles Bronson, lonesome Cowboy. Bei ihm konnten sich die Mädchen die große Show sparen. Er machte an, er ließ sich nicht anmachen. Die Zeiten des Herzflimmerns waren doch längst vorbei. Aber sie hatte ihn, verdammt, nach Strich und Faden verhext. Er wußte das, aber er konnte nichts dagegen tun. Nur fragte er sich unentwegt, ob das wirklich ein schönes Gefühl war. Berauschend war das, ganz klar, aufregend. Da wartete ein Abenteuer auf ihn. Sie hatte ihn zu ihrem Ritter ernannt. Okay, er würde die Rolle spielen. Wahrscheinlich war dies auch ein schönes Gefühl.

Lascheck rauschte durch die Nacht. Die Hengstmaschine strotzte von Energie und Power. Das wäre doch gelacht, wenn er seinen Auftrag nicht ruckzuck erledigen würde! Sie wartete auf ihn. Zuerst fuhr er nach Altenessen zu seiner Kellerbehausung und holte den zweiten Helm, den hatten schon viele Mädchen getragen, aber eine wie sie war nicht dabeigewesen. Über die leere B 1 donnerte er weiter nach Duisburg und stellte bei der Mercatorhalle die Maschine ab. Über das Parkdeck lief er zur

Königstraße und tauchte dann in das düstere Fischergäßchen ein. Er kannte sich hier aus.

Bruno war der erste, den er fragte. Bruno war aber dabei, einen Haufen Geld beim Billard zu verlieren, weil sein Gegner sich als Profi entpuppte und mit dem Queue zauberte. «Kannst ja mal Schimanski fragen, ob er dir seine Puste leiht. Ich kann dir jedenfalls nicht helfen. Du siehst doch, daß ich zu tun hab, also zisch ab.»

Lascheck versuchte es dann bei Erwins Zockerpinte. Da funzelten rote Lämpchen, doch außer Spielautomaten hatte Erwin nichts zu bieten. Er verkaufte das Bier aber einen Groschen billiger, und darum hatte er abends immer genug Gäste, vor allem gealterte Fans, die von den großen Tagen des MSV gemeinsam träumten. Niemand war da, den Lascheck kannte. Das machte ihn nervös.

In Ernas Tönnchen sah er dann Hering Siebert, den kannte er zwar nur flüchtig, doch er wußte, daß Siebert heiße Tips verkaufte. Lascheck wartete, bis Siebert pinkeln ging, und folgte ihm zur Toilette. Siebert brauchte Zeit, um sich an Lascheck zu erinnern.

«Wir kennen uns von Schalke», sagte Lascheck.

«Du bist der, dem manchmal der Atem pfeift. Jetzt weiß ich's. Und?»

Lascheck flüsterte ihm zu, was er suchte, aber Hering Siebert winkte ab. Solche Sachen seien ihm zu heiß. «Nix mit Stoff, nix mit Knarren. Ich hab die Nase gestrichen voll. Bis hier!» Er zeigte es.

Lascheck hielt ihm einen Zwanzigmarkschein hin. «Einen Tip wirst du doch haben! Sag mir einfach einen Namen. Ich bin dann schon wieder weg. Los, ich höre.»

«Frag im *Stiefel* nach einem Wolfgang. Ich hab mal gehört, der weiß immer was. Falls der nicht grad mal wieder im Kahn ist. Und meinen Namen läßt du draußen, klaro?»

Lascheck mußte sich durchfragen nach dem Stiefel. Duisburg war nicht seine Stadt. Im Stiefel führten sie ihn in ein dreckiges Hinterzimmer zu den Pokerspielern, nachdem er ein paar Scheine hergegeben hatte. Wolfgang war ein älterer Mann mit Schmerbauch und zu engen Jeans. Er stellte sich zuerst taub. Dann zog er Lascheck mit sich in einen Abstellraum.

«Ich kenne dich nicht. Du stehst nicht zufällig auf der anderen Seite? Spitzel kann ich auf den Tod nicht ab.»

«Quatsch!» Lascheck protestierte. «Es geht um einen Geschäftsmann aus Mülheim. Bei dem wird dauernd geklaut. Darum will er sich ne Waffe anschaffen. Das ist alles.»

«Hat der auch einen Namen?»

«Nein, der hat keinen Namen.»

«Okay, ich hab auch keinen. Ein Vögelchen sang neulich mal, jemand hätte ne Uzzi anzubieten aus Bundeswehrbeständen.»

Lascheck tippte sich an die Stirn. «Keine MP, Mann! Was Handliches. Da weißt du doch garantiert auch was. Nun spuck's schon aus, ich hab's eilig.»

«Du markierst hier den großen Max, was?»

«Nein. Aber ich hab Kohle.»

«Warte hier! Ich muß mal telefonieren.»

Lascheck wartete. Als der Mann zurückkam, war er nicht allein. Der andere war noch jung, kaum älter als Lascheck. Lascheck zahlte hundert Mark an Wolfgang und ging mit dem anderen hinaus. In der Börsenstraße stiegen sie in ein Auto, fuhren aber nur zwei Häuserblöcke weiter.

Es war ein Privathaus. Jenseits des unbeleuchteten Flurs kamen sie in eine Wohnküche, in der zwei Männer und eine Frau am Tisch saßen. Lascheck erkannte, daß er erwartet wurde. Die Frau stand auf, da verließen die beiden Männer wie auf Kommando den Raum. Auch der Junge, der Lascheck hergebracht hatte, verschwand.

Die Frau äugte Lascheck mißtrauisch an. «Tausend», sagte sie dann. «Es ist eine Walther P 1 mit einem vollen Magazin.» Sie ging an den Schrank und nahm ein schmuddeliges Paketchen heraus. «Ja oder nein?»

«Ja», sagte Lascheck.

Als er eine Minute später den Raum verließ, sah er, daß die beiden Männer an der Haustür lungerten. Das Spiel kannte er. Die wußten, daß er noch Geld bei sich hatte, das machte sie heiß.

«Hast du mal Feuer, Kumpel?» fragte der eine.

«Sicher», sagte Lascheck. Er trat dem linken Mann die Stiefelspitze vor die Kniescheibe und schlug dem rechten die Handkante ins Gesicht, dann rannte er, so schnell er rennen konnte. Die Lungen pfiffen, die Luftröhre stach zum Verrücktwerden, ihm wurde schwarz vor den Augen. Doch er setzte Fuß vor Fuß und lief, bis er wußte, daß er in Sicherheit war. Da hielt er sich an einer Litfaßsäule fest und übergab sich schmerzhaft. Als er wieder atmen konnte, als er die Angst allmählich aus den Knochen hatte, trabte er zu seiner Honda zurück. Mitternacht war vorüber. Vom Rhein her strömte kalte Luft durch die Straßen, die saugte Lascheck in seine Lungen.

Das starke Gefühl stellte sich ein. Der Pfadfinder hatte seine Aufgabe erfüllt und durfte den Knoten aus dem Halstuch lösen. Der Ritter ritt von der Aventiure heimwärts zur Dame des Herzens, um ihr Halstuch als Dank in Empfang zu nehmen. Der Cowboy hatte die Salzwüste der Llanos Estacados durchquert und strebte dem Saloon zu. Von solchen Gedanken war Lascheck erfüllt, als er auf der Autobahn gen Süden raste. Schöne Gedanken: auf einem weißen Pferd nach Süden.

Es war nicht einfach, sich nach Marias Skizze zu orientieren. Dauernd verfuhr er sich, bis er dann endlich vom Derendorfer Bahnhof aus die Richtung fand. Er hatte es sich eingeprägt: nicht in die Straße hineinfahren, in der sie wohnt. Den Hengst abstellen am Carl-Mosterts-Platz. Dann in die Parallelstraße hineingehen bis zum Parkplatz des Architekturbüros. Zwischen den Teppichstangen durch über den Spielplatz und über die Ziegelsteinmauer in den Garten hinein. Das Haus mit dem Spitzgiebel ist es, und die Hintertür wird offen sein.

Sie war offen. Maria hatte dafür gesorgt. Lascheck schlich mit klopfendem Herzen zur vierten Etage hinauf. Seine Lederrüstung knirschte. Er brauchte nicht zu klopfen: die Tür öffnete sich, als er außer Atem oben war.

«Komm rein», sagte Maria. «Hast du's geschafft?»

Lascheck hielt ihr das Päckchen hin. «Hab ich dir doch gesagt, daß ich's schaffe. Auf mich kannst du dich verlassen. Ich hab unheimlichen Durst.»

«Magst du spanischen Rotwein? Rioja? Und zu essen hab ich dir auch etwas gemacht. Wir müssen morgen bei Kräften sein. – Morgen? Es ist ja längst morgen!» Sie legte die Hand auf sein Gesicht. «Ich weiß jetzt, wen wir suchen. Jetzt ist es ganz leicht.»

«Du hast nicht vielleicht ein Bier für mich?»

«Nein. Komm, trink ein Glas Wein mit mir!»

Lascheck meinte, eine Spur von Jubel in ihrer Stimme zu hören. In diesem Augenblick war sie ihm unheimlich. Als ob sie unter Strom stünde. Er machte sich nichts aus Rotwein, aber er trank gierig.

Maria sagte: «Als erstes müssen wir morgen früh meine Koffer zum Flugplatz bringen, denn die würden uns behindern. Iß jetzt was. Und dann müssen wir unbedingt ein paar Stunden ausruhen. Du stehst doch noch zu deinem Wort?»

«Sicher», sagte Lascheck. Er legte sich später in seiner ledernen Rüstung auf das Sofa und schlief sofort ein.

Das Finale. In dieser Phase überkam ihn jedesmal ein Gefühl von Traurigkeit, Wut und Erstaunen. Das Erstaunen dominierte, ließ den Puls hochschnellen. Wahrscheinlich war es die Furcht davor, das Falsche zu tun und eine Entscheidung zu treffen, die fast unwiderruflich war. War dieser Eingriff in das Schicksal der Menschen legitim? Die Hand auf jemanden zu legen und zu sagen: Ich verhafte dich im Namen des Gesetzes. Rigorosen Einfluß zu nehmen auf das Leben eines anderen: War die Befugnis eines Kriminalpolizisten nicht eine einzige große Anmaßung? Wer kann schon in die Menschen hineinschauen! War nicht bisweilen eine Demütigung verbrecherischer als ein Mord? Katzbach wußte nur zu gut, daß Gerichte nicht Recht sprechen können, sondern nur Urteile fällen. Wenn ein Friseur sich irrte, war das belanglos. Da ging es um Haare und nicht um Menschen.

Katzbach versuchte, die Gedanken zu verscheuchen. Hatte da nicht neulich jemand behauptet, er mache sich zu viele Gedanken? Ein Armleuchter mußte das gewesen sein. Der Morgen war kühl und dunstig gekommen. Unausgeschlafene Beamte hatten ihre Posten bezogen. Zuschlagen: das war das Wort, das jetzt galt.

«Ich bin sicher, daß wir einen Fehler machen», sagte Katzbach. «Wir haben zwei lose hängende Fäden, die noch verknüpft werden müßten. Das Mädchen könnte das schaffen. Warum warten wir nicht ein paar Stunden? Dieser Laden hier läuft uns doch nicht weg. Die drei Männer sind identifiziert, wir haben sie unter Kontrolle. Warum müssen wir die Chance verspielen, ihre Verbindung zu dem vierten Mann zu beweisen? Es ist zum Kotzen!»

«Sie und Ihre metaphorischen Redensarten! Meine Abteilung kann nicht länger warten. Sie wissen so gut wie ich, und ich hab's Ihnen schon mal erklärt, daß wir maßlos unter Druck stehen. Sie lesen doch Zeitung, oder?» Lioba Steinfeld lachte nervös. «Es ist vor allem ein politischer Fall. Die da oben wollen endlich konkrete Erfolge sehen. Festnahmen. Vorzeigbares für die Medien. Umweltkriminalität ist kein Kavaliersdelikt mehr. Solche Bildunterschriften. Mensch, Katzbach, Sie kennen doch die Sprüche! Die Stimmung in der Bevölkerung hat selbst den verpenntesten Politiker aufgeschreckt. Der Präsident hat entschieden, daß unser Fall Vorfahrt hat.»

«Der Polizeipräsident braucht ja auch keinen Mordfall aufzuklären», sagte Katzbach kalt. «Es geht auch nur um ein kleines Würstchen. Roland Georgy: wer kannte den schon! Ein Nobody.»

«Sagten Sie nicht, die Männer von der Reparaturwerkstatt hätten ihn auf dem Gewissen? Was wollen Sie denn noch?»

«Ich will den, der die Verantwortung trägt. Die Handlanger sind mir nicht so wichtig. Kleine Fische fangen wir täglich. Wir müßten ja wohl allmählich mal an die Haie ran.»

«Wir kommen an den Hai schon ran! Daß sein Lastwagen hier auf dem Hof ...»

«Vergessen Sie's! Die Gifttransporte werden wir ihm nachweisen können, aber mutmaßlich nicht den Mordauftrag. Aber wir haben ja keine Zeit mehr, wir brauchen Bilder für die Medien. Das war's dann.» Katzbach dachte: Ich hätte vielleicht doch in Afrika bleiben sollen. Er wurde von Minute zu Minute unruhiger. Hier schwirrte zuviel Polizei herum. Schön, das Gelände rings um die Reparaturwerkstatt war schüttelfest abgesichert, so daß keine Maus entkommen könnte. Aber hier liefen zu viele Wichtigtuer mit Sprechfunkgeräten und bedeutungsschweren Mienen herum. Jede Menge Häuptlinge, kaum Indianer. Aber solch ein Fall gibt was her. Auch wenn nur eine scheinbare Aufklärung ansteht: Da kann man sich doch schmücken, wenn man dabeigewesen ist. – Daß Degenhardt noch immer seine stereotypen Meldungen durchgab! «Maria Esteban befindet sich nach wie vor in ihrer Wohnung. Ihr Auto parkt noch immer vor der Tür. Wir haben drei Leute hier ...»

«Jochen», rief Katzbach Picht zu, «merkst du denn nicht, daß da was faul ist? Es ist fast acht Uhr. Die Arbeitszeit für die Spanierin fängt gleich an. Ich höre bloß immer, daß sie sich noch in ihrer Wohnung befindet. Hier stimmt was nicht!»

«Sei doch nicht immer so mißtrauisch. Es ist alles unter Kontrolle. Zantopps Haus ist bewacht, und sobald Maria

Esteban die Nase aus der Haustür steckt, erfährst du's. Ihr Auto steht noch da.»

«Teufel! Ich will nicht wissen, wo ihr Auto steht, ich will wissen, wo sie jetzt ist. Degenhardt soll raufgehen und von mir aus die Wohnungstür eintreten. Sofort!»

Picht griff knurrend zum Hörer. Katzbach brauchte seine miese Laune nicht an ihm auszulassen. Es gab halt immer Zoff, wenn die Kompetenzen verschiedener Abteilungen durcheinandergerieten. So etwas war programmiert. Katzbach, der Einzelgänger, wollte sich nur nicht ins Handwerk pfuschen lassen. So sah Picht die Sache.

Die Beobachtungsposten meldeten, daß die beiden Männer Sikora und Hubertson, der Hubsy genannt wurde, soeben mit dem VW-Bulli in der Firma eingetroffen seien. Der Chef wohnte auf dem Firmengelände. Ihn hatten sie schon früh beobachtet, als er den Hund ausgeführt hatte. Der junge Motorradfahrer, der offensichtlich als Lkw-Fahrer angeheuert war, hatte sich noch nicht blikken lassen. Der Volvo stand auf dem Firmenhof.

«Nichts Neues von Degenhardt?» fragte Katzbach.

«Nichts Neues. Aber er wird sich gleich melden.»

«Wundert es dich, daß der Ledermann noch nicht erschienen ist?»

«Wieso? Nein...»

«Es ist ja auch nicht verwunderlich», sagte Katzbach scharf.

Das verstand Picht nicht.

Dann kam die Meldung von Degenhardt. Maria Esteban befinde sich nicht in ihrer Wohnung, aber der 2 CV stehe noch immer vor dem Haus. Degenhardt schien am Boden zerstört zu sein.

«Wenn ich eins hasse», sagte Katzbach, «dann ist es Dilettantismus. Degenhardt soll mit seinen Leuten sofort zu Zantopps Haus fahren. Daß jetzt nicht noch ein kapitaler Fehler gemacht wird! Und gib durch, daß alle Streifenwagen auf das Motorrad achten sollen. Ich bin sicher, daß Maria Esteban mit dem Motorradfahrer unterwegs ist. Wie viele Leute haben wir jetzt bei Zantopps Haus und bei Rapido-Tours?»

«Fünf von unseren Leuten und einen Haufen Männer von der Einsatzbereitschaft. Sie haben mehrere Fahrzeuge dort. Alle Zufahrten sind gesichert.»

«Die Männer sollen sich bloß nicht von Zantopp sehen lassen!»

«Jesses, das sind doch keine Anfänger!»

«Das werden wir sehen», knurrte Katzbach.

Dann ging alles sehr schnell. Der Koordinator mit den Kopfhörern über den Ohren schrie laut «Scheiße!» und winkte aufgeregt. Lioba Steinfeld und Katzbach waren sofort bei ihm.

«Da brennt es!» sagte der Mann und lauschte gleichzeitig dem Gebrabbel der Durchsage. «Die Leute in der Reparaturwerkstatt scheinen irgend etwas verbrennen zu wollen. Dicke Rauchwolken. Und angeblich stinkt es.»

«Kommen Sie!» sagte Katzbach. «Die haben gemerkt, daß sie umstellt sind. Das ist immer so bei solchen Massenaufmärschen. Jetzt können wir in der Tat nicht länger warten. Ich schätze, sie versuchen, die Kunststoffbeschichtungen der Giftfässer wegzuflämmen, damit keine Zyanidspuren mehr nachzuweisen sind. Tempo jetzt!»

Lioba Steinfeld war bereits aus der Einsatzzentrale gestürmt. Picht hatte den Scorpio gestartet. Katzbach griff, kaum daß er eingestiegen war, nach dem Sprechfunkgerät.

«An alle. Hier spricht Hauptkommissar Katzbach. Machen Sie sich bereit, in das Gelände einzudringen, aber warten Sie auf mein Zeichen. Daß mir niemand einen Alleingang veranstaltet! Die Beamten der Sonderkommission versuchen, die Fässer zu sichern. Feuerwehr anfordern! Von der Schußwaffe wird nur im äußersten Notfall Gebrauch gemacht. Ende von Kommissar Katzbach.»

«Jetzt kommt's drauf an», sagte Lioba Steinfeld, entschuldigte sich aber im gleichen Atemzug für die überflüssige Bemerkung. «Es hängt so unheimlich viel davon ab, daß wir Beweise finden. Können Sie nicht schneller fahren?»

«Wir sind sofort da», sagte Picht.

Als sie in die Straße zum Industriegebiet einbogen, sahen sie die schwarzen Rauchwolken. Auf den verschiedenen Werksgeländen liefen Neugierige zusammen. Bereitschaftspolizei sperrte das letzte Stück der Straße. Die Beamten waren in Stellung gegangen. Picht brachte den Wagen kurz vor der Einfahrt zum Stehen. Das Tor war jetzt geschlossen. Dahinter tobte ein Hund wie verrückt.

Der Mann mit dem Megaphon wartete schon. Auf Katzbachs Zeichen begann er mit seinem Sermon. «Achtung, hier spricht die Polizei! Ich wiederhole: Hier spricht die Polizei! Jeder Widerstand ist zwecklos. Öffnen Sie das Tor, bringen Sie den Hund unter Kontrolle! Stellen Sie sich nebeneinander an der Mauer der Montagehalle auf, vermeiden Sie hastige Bewegungen...»

«Rammen!» rief Katzbach dem Fahrer des gepanzerten Wagens zu.

Auf den Umgrenzungen des Werkshofes standen jetzt Kriminalbeamte mit Schußwaffen. Hoffentlich dreht niemand durch! dachte Katzbach. Als der Wagen das Eisentor aus der Verankerung riß, kam die Dogge aus dem Hof gefegt, heulte fast wie ein Mensch und warf sich platt auf die Straße.

Lioba Steinfeld rief einem Mann zu: «Bringen Sie den Hund in Sicherheit, verstanden? Der muß es ja nicht unbedingt ausbaden, wenn die Menschen mal wieder verrückt spielen.»

«Jetzt!» rief Katzbach in das Megaphon.

Von allen Seiten drangen die Spezialisten in das Werksgelände ein. Katzbach lief in den Hof hinein, Picht und Lioba Steinfeld folgten ihm. Er sah den Mann mit den Säbelbeinen und der Stirnglatze neben dem Tor der Montagehalle stehen und die Hände zum Himmel strecken. Das Feuer in der hintersten Ecke des Hofes breitete sich aus. Anscheinend war viel Benzin ausgeschüttet worden. Ein Beamter war ins Führerhaus des Volvo gestiegen, um den Wagen aus der Gefahrenzone zu schaffen.

An der Ostseite des Areals versuchte der Mann, der Hubsy genannt wurde, über die Mauerkrone und den Nato-Stacheldraht zu fliehen. Er hielt einen Bundeswehr-Karabiner an sich gepreßt. Doch er ließ die Waffe fallen und ergab sich, als die Warnschüsse aufbellten. Der Wind quirlte den beizenden Rauch durch den Hof. Beamte rissen mit Eisenhaken Fässer vom Feuer weg. In der Ferne jaulte der Hund.

Dann kam Sikora wie King Kong aus der Montagehalle

getobt, brüllte wild und schwang einen Wagenheber. Offensichtlich hatte er es auf Katzbach abgesehen.

«Idiot!» schrie Katzbach ihn an. «Lassen Sie bloß den verdammten Apparat fallen! Sie zwingen uns doch, auf Sie zu schießen!» Dann sprang er zur Seite und ließ den riesigen Mann über den ausgestreckten Fuß stürzen.

Ein Pulk von Polizisten rang den strampelnden Mann nieder. Die Stahlarmbänder schnappten zu.

Sie lehnten Sekunden später nebeneinander an der Hallenwand: der hilflos brabbelnde alte Mann, Hubsy, kreideweiß vor Haß, und Sikora, der anscheinend Mühe hatte, die Situation zu begreifen.

«Wir haben mit diesen Fässern nichts zu tun», schrie Hubsy, «die sind bei uns abgestellt worden! Da haben wir nix mit am Hut!»

«Mit Roland Georgys Tod haben Sie auch nix am Hut, nein?» Katzbach trat dicht an die Männer heran und schaute in ihre Gesichter. Es waren ganz normale Gesichter; gewiß, verzerrt jetzt und voll Angst und Wut, aber im Grunde ganz normale Gesichter. Katzbach dachte: Mördergesichter unterscheiden sich in nichts von anderen Gesichtern. «Sagen Sie mir jetzt nicht, er hätte doch Selbstmord begangen. Die Platte können wir uns sparen.»

«Ich weiß von nichts!» stieß Sikora hervor.

«Ich weiß erst recht von nichts», sagte Hubsy.

«Da hören Sie's doch!» zeterte der alte Mann. «Damit haben wir überhaupt nichts zu tun. Sie wollen uns was anhängen.»

«Will ich das?» tat Katzbach erstaunt. «Wir haben einen deutlichen Fingerabdruck auf Roland Georgys Haut gefunden. Ich denke, wir werden bald wissen...»

«Ich war es nicht!» brüllte Sikora los und starrte Hubsy an. «Er hat ... Er hat doch ...»

«Schnauze, du Arsch!» zischte Hubsy, dann fuhr er den alten Mann an: «Da siehst du, in was du uns reingeritten hast mit deinen genialen Ideen, du dämliches Stück, du!»

Der alte Mann lachte albern und fuhr sich mit den gefesselten Händen über die Glatze. «Wer war denn immer so wild auf die Knete? Da kenn ich doch zwei, die konnten den Hals nicht vollkriegen. Außerdem bin ich doch nur ...» Er redete nicht weiter, weil er offenbar begriff, daß er dabei war, eine Art Geständnis abzulegen.

«Was sind Sie nur?» Katzbach hakte nach. «Wollten Sie sagen, daß Sie doch auch nur ein Handlanger sind? Dann verraten Sie uns doch mal, wer Ihr Auftraggeber war, der große Unbekannte mit den Ideen!»

«Ich sage überhaupt nichts mehr.»

«Wir kennen den Mann im Hintergrund längst», sagte Katzbach, «aber ich hätte den Namen trotzdem gern von Ihnen gehört. Sie müssen jetzt nichts sagen, natürlich nicht. Sie werden vor Gericht noch jede Menge Gelegenheit zum Reden haben.» Er drehte sich zu den uniformierten Polizisten um. «Los, führt sie ab!»

Lioba Steinfeld sagte zu Katzbach: «Wir sind haargenau zur rechten Zeit gekommen. Mindestens sieben Fässer sind noch nicht angeschmort. Da wird es ja wohl heute noch eine spektakuläre Pressekonferenz geben.»

«Aber ohne mich», knurrte Katzbach. Er sah, daß vorne am Tor erste Fotografen bereits die Kameras vor den Gesichtern hatten. Immer gab es Polizeibeamte, die sich ein Trinkgeld mit heimlichen Informationen an die Presse verdienten.

Als er den Scorpio erreichte, hatte Picht die Nachricht für ihn, mit der er die ganze Zeit gerechnet hatte. «Das Motorrad! Sie haben es nicht aufhalten können!»

«Mahlzeit!» sagte Katzbach bitter. «Also nichts wie hin!»

Lascheck spürte das Blut in den Ohren rauschen. Das starke Gefühl. Die Honda fühlte sich gut an zwischen den Beinen. Wie immer übertrugen sich die Vibrationen auf seinen Körper. Lascheck, der Zentaur. Und hinter ihm saß Maria, drängte sich an ihn und hatte die Hände auf seine Brust gepreßt. So hätte Lascheck tagelang fahren mögen: Sonnenstrahlen im Gesicht, ihre Arme um seinen Körper geschlungen und dazu dieser herrliche Ton des Motors. Er wußte aber, daß diese Fahrt nicht tagelang dauern konnte. Darum besoff er sich an jeder Sekunde.

Sie hatten sich die Route auf dem Stadtplan genau markiert. Maria rief Lascheck zu, wie er zu fahren hatte. Sie schlugen Haken auf dem Weg nach Unterrath, weil sie mit Polizeisperren rechneten.

Rapido-Tours: die Schrift auf dem Dach war nicht zu übersehen. Der Streifenwagen an der Straßenecke allerdings auch nicht. Laschecks Körper straffte sich. Maria hatte sich am Leder der Rüstung festgekrallt.

«Durch!» schrie Maria. «Einfach durch!»

Lascheck brauchte keine Aufforderung. Das leichte Zucken in der Gashand: Die Maschine gehorchte willig und sprang geradezu vorwärts. Die Polizisten, die bei dem Wagen gewartet hatten, stoben mit schreckgeweiteten Augen auseinander. Lascheck jauchzte.

Das Motorrad schoß auf den Wendekreis vor der Lagerhalle zu. Da wurde ein roter Lastwagen beladen. Ein Transportband häufte Plastiksäcke auf die Ladefläche des Trucks. Ein Mann mit einem Schnellhefter in der Hand schien das alles zu kontrollieren. Ein anderer Mann, schlank, sportlich, elegant, stand neben ihm. Er trug eine taubenblaue Hose und ein Glencheck-Jackett. Lascheck nahm das alles überdeutlich wahr. Der Film schien in Zeitlupe zu laufen.

«Zantopp!» schrie Maria.

Die Männer fuhren herum. Der größere Mann, der fein gekleidete, tat verwundert einen Schritt nach vorn. Da bellte der Schuß auf. Der Mann faßte sich an die Brust und fiel. Dann riß der Film.

Lascheck hatte Mühe, die bockende Maschine zu bändigen. Zu flach fast lagen sie im Wendekreis in der Kurve. Nur jetzt nicht stürzen! hämmerte Laschecks Hirn. Der Streifenwagen kam ihnen entgegen. Männer mit Waffen lehnten sich aus den Fenstern. Lascheck hielt genau auf den Wagen zu und riß erst im letzten Moment die Honda zur Seite. Er hörte, wie das Polizeiauto schlingerte. Da tauchten jetzt auch Beamte auf dem Rasen vor dem Bungalow auf und schrien irgend etwas. Lascheck ließ die Honda im Slalom tanzen. Er hörte Geschosse wimmern. Aber da hatte er die Straße schon erreicht. Er fühlte, daß das Mädchen hinter ihm zitterte.

Weiter, weiter! Stadtauswärts zuerst. Der Hase Lascheck wußte, daß die Hunde ihn jetzt hetzen würden. Er mußte den Vorsprung ausnützen, solange es eben ging. Also noch und noch die Richtung ändern, kein Ziel erkennen lassen, immer dort sein, wo sie ihn nicht vermuteten!

Weit vor der Ausfallstraße kamen sie an einem Streifen Gartenland vorbei, wo Rotdorn und Goldregen leuchteten. Lascheck drosselte die Geschwindigkeit. Dies war die richtige Stelle.

«Abspringen!» schrie Lascheck. «Los, spring ab!» Er riß Maria die Pistole aus der Hand und stopfte sie in seine Latztasche. Er spürte für einen Herzschlag Marias Hand auf seiner Hand, dann war das Mädchen schon ganz weit von ihm entfernt.

Lascheck raste wieder hinein in die Stadt, vorbei am Eishockeystadion, rechts ab am Kreisverkehr des Brehmplatzes. Als er vor der Grafenberger Allee in den Stau vor der Ampel geriet, wendete er in waghalsigem Manöver und mischte sich, unter grellem Gehupe, in die Schlange der Entgegenkommenden.

Er dachte: Vielleicht schaffe ich es noch über eine Rheinbrücke. Das wär ein Fest. Da locke ich sie alle auf eine falsche Fährte. Solange sie mich nicht gesehen haben, wissen sie nicht, daß Maria nicht mehr bei mir ist. Ich verschaffe ihr einen Vorsprung, das habe ich versprochen. Sie hat mein Wort, sie hat mein Wort... Ja, das war ein starkes Gefühl.

Lascheck reihte sich ein in das Verkehrsgewimmel der Graf-Adolf-Straße und donnerte am Landtagsgebäude vorbei zur Rheinuferstraße. Daß das riskant war, wußte er. An den Rheinbrücken hatten sie unter Garantie Sperren aufgebaut. Aber er wollte es um jeden Preis versuchen und hatte sich die Rheinkniebrücke ausgesucht. Dicht hinter einem Möbelwagen und nach hinten abgeschirmt von einem Sattelschlepper mit rotierender Betonmischmaschine fuhr er jetzt sehr langsam auf der rechten

Spur. So erreichte er zu seiner eigenen Verwunderung unbehelligt die Brücke.

Er blieb noch immer auf der rechten Spur. Licht flimmerte auf dem Strom. Die schöne Oberfläche. Lascheck überlegte, welche Rolle der Rhein gespielt hatte in der Geschichte von Roland Georgys Tod. Er fühlte auch so etwas wie Eifersucht auf den Ermordeten. Die Frage beschäftigte ihn, ob er Roland gern kennengelernt hätte. Als er ungefähr auf der Mitte der Brücke war, schleuderte Lascheck die Waffe über das Geländer ins Wasser hinunter. Den rechten Handschuh warf er hinterher. Das hatte er sich gut ausgedacht. Er dachte: Was dieser Fluß schon alles zu schlucken gekriegt hat! Kommt es da noch auf eine Pistole an?

Da hörte Lascheck über sich den Hubschrauber schnattern.

Heiterkeit überfiel ihn. War dies das Ende der Reise? Sie hatten nicht die Brückenabfahrt gesperrt, sie ließen den Motorradfahrer im Zickzack durch Oberkassel rollen. Erst vor dem Kaarster Kreuz warteten sie. Die Straße war mit Fahrzeugen blockiert. Scharfschützen waren in Stellung gegangen. Lascheck gab dem Hengst die Sporen, daß die Maschine aufschrie, und raste laut schreiend auf die Sperre zu. Etwas explodierte dann, er wußte aber nicht, was es war. Erstaunt stellte er fest, daß er fliegen konnte, so schwer die Flügel auch waren. Die Bilder gerieten durcheinander. Marias Gesicht, eine weiße Landschaft voll Schnee und Sonne, ein durstiger Cowboy mit aufgesprungenen Lippen, der die Llanos Estacados durchquert hat.

Das war der schönste und letzte Augenblick im Leben des Zentauren Lascheck.

Maria schlug sich das Knie blutig, als sie absprang. Das war nicht sehr schlimm. Sie winkte Lascheck nach, doch das konnte der nicht mehr sehen. Sie warf den Helm über eine Hecke. Sie eilte der Unterrather Straße zu. Sie bestellte sich von der Telefonzelle aus ein Taxi. Sie ließ sich nach Lohausen zum Flugplatz fahren. Sie tat das alles so, wie sie es geplant hatte zusammen mit Lascheck. Ihr Gepäck war versorgt. Die Maschine nach Madrid erreichte sie leicht. Sie hatte das alles mechanisch und ohne zu überlegen getan. Erst als das Flugzeug abhob, setzte die Erinnerung ein. Rolands Lachen: Robin Hood. Lascheck, der Ledermann. Die grüne Ente. Die Zeilen des Gedichtes fielen ihr nicht ein. Plötzlich fühlte sie wieder das Heimweh. Da lächelte sie. Der Sarg aus Glas zersprang.

Der Hausverwalter starrte erst minutenlang ihre Ausweise an, ehe er die kleine Wohnung im vierten Stock aufschloß. Es schien ihm gar nicht zu gefallen, daß er auf dem Flur warten mußte. Vielleicht rechnete er damit, daß es sich um etwas Skandalöses handelte, weil er sich gern empörte. Die schöne Spanierin, hah! Picht schlug ihm die Tür vor der Nase zu.

Die Wohnung war aufgeräumt. In die Reiseschreibmaschine war ein Blatt Papier eingespannt. Es war eine Schreibmaschine der Firma Triumph mit der Typenbezeichnung Gabriele. Der Satz lautete: *Man darf einen Menschen nicht ungestraft töten.*

«Wie hat sie das gemeint?» fragte Picht.

«So einfach, wie es da steht», sagte Katzbach.

Da war noch ein anderer Satz getippt. *Los pájaros noctur-*

nos picotean las primeras estrellas, que centellean como mi alma cuando te amo.

«Weißt du, was das heißt?» fragte Picht.

«Nein. Nacht kommt drin vor und Sterne und Liebe. Mehr weiß ich nicht. Ich kann kein Spanisch.»

«Warum sie das wohl aufgeschrieben hat?»

«Weil es sie an ihren toten Freund erinnert. Du kannst fragen!»

«Ich wüßte gern, wie sie den Motorradfahrer dazu gebracht hat, Zantopp zu erschießen. Wo sie doch mit Roland Georgy befreundet war.»

«Jochen, Jochen!» Katzbach klatschte heftig in die Hände. «Begreifst du das noch immer nicht? *Sie* hat Zantopp erschossen. Maria Esteban. Nicht der Ledermann. Der war ihr treuer Vasall. Frag mich nicht, warum er das war, denn ich weiß es nicht. Ich denke, das ist kein Zufall, daß wir seinen rechten Handschuh nicht gefunden haben. Er wollte nicht, daß wir einen Paraffintest machen. Er hat alles auf sich genommen. Der Lagerverwalter, der bei Zantopp stand, hat überhaupt nichts gesehen, weil alles so schnell ging. Niemand kann mit Sicherheit sagen, wer geschossen hat. Ende der Fahnenstange.» Katzbach dachte: Ich würde gern etwas über diesen Ledermann wissen, aber jetzt kann ich ihn ja nicht mehr fragen. Er war die rätselhafteste Figur in diesem Spiel.

«Maria Esteban ist jetzt schon jenseits der Grenze», sagte Picht.

«Ja, das ist sie wohl.»

«Wenn du jetzt dein Gesicht sehen könntest! Freut dich das etwa, daß sie entwischt ist? Du siehst richtig schadenfroh aus.»

«Schadenfroh?» Katzbach dachte eine Weile nach. «Ich überlege, ob es eigentlich das Wort schadentraurig gibt.»

Rabe war zu betrunken, um die Gesichter auf den Fotos erkennen zu können. Ja, da seien zwei Männer bei ihm gewesen, die hätten ihn bedroht. Ein riesengroßer und einer mit kalten Augen. «Die haben zu mir gesagt: Also, Sie wissen nichts über den Jungen, und Sie sagen nichts über den Jungen. Dann haben sie mir Geld gegeben und einen ganzen Karton Whisky. Gelächelt haben sie, jawoll, richtig freundlich gelächelt. Aber... aber wenn Sie doch was sagen über den Jungen, wo er arbeitet und was er so macht und daß er Lastwagen fährt und so... dann kommen wir wieder, und dann... Solche Andeutungen haben sie gemacht.» Rabe fuhr sich mit der flachen Hand über die Kehle. «So: schscht! Verstehen Sie, was ich meine?»

«Sicher», sagte Katzbach, «wir verstehen Sie. Wir haben Sie auch verstanden, als Sie uns trotzdem ein Zeichen gaben. Sie haben uns sehr geholfen.»

«Sind das... sind das nicht schlimme Zeiten?»

«Ja, das sind schlimme Zeiten. Werden Sie uns noch einmal helfen?»

«Was soll ich denn tun?»

«Wenn Sie geschlafen haben, dann sollen Sie sich diese Fotos anschauen. Sie brauchen vor den Männern keine Angst mehr zu haben, denn sie sind verhaftet. Ich möchte, daß Sie sich die Fotos genau anschauen und uns dann sagen, ob die Männer dabei sind, die Sie bedroht haben. Werden Sie das tun, Herr Rabe?»

«Sind das die Männer, die den Jungen umgebracht haben?»

«Wahrscheinlich.»

«Die haben den ermordet, so einfach ermordet? Der ... der war doch ein guter Junge, der Roland, und die haben den so einfach ...»

«Werden Sie vor Gericht aussagen, daß Sie von diesen Männern bedroht worden sind, falls Sie sie auf den Fotos erkennen?»

«Werd ich, werd ich», stammelte Rabe und trank, daß ihm der Whisky über das Kinn lief. «Weil die den Jungen ... den Jungen ...» Er ließ sich auf das Kissen fallen, kicherte und fing an zu schnarchen. Katzbach nahm ihm das Glas aus der Hand. Der verwirrte Greis tat ihm leid. Ja, es waren schlimme Zeiten. Er atmete durch, um den Zorn zu vertreiben, der über ihn gekommen war, doch der ließ sich nicht vertreiben. Leise verließen Katzbach und Picht Rabes Wohnung.

«Siehst du, Raben singen doch», sagte Picht.

«Hoffen wir's.»

Von der Oberkasseler Brücke stieg Katzbach aus. Picht kannte das und sagte nichts. Henk Kruse von der Sitte war das gewesen, der gesagt hatte: Der Katzbach macht sich zu viele Gedanken, der sieht das nicht locker genug. Was wußte Henk Kruse schon, dieser Schwätzer!

Katzbach lief langsam über die Uferwiese. Das monotone Tuckern der Rheinschlepper beruhigte ihn ein wenig. Drüben auf der anderen Seite des Flusses spielte sich der tägliche Trubel ab, da hasteten die hektischen Leute ihren wichtigen Terminen nach. Katzbach dachte: Rabe hat recht, es sind schlimme Zeiten. Daß sich Menschen so entsetzlich deformieren können! Wie hießen die drei Wörter? Nacht, Sterne, Liebe. Die Wellen glitzerten in der Mittagssonne. Katzbach zündete sich ein Zigarillo an.

Hansjörg Martin
Die Sache mit den Katzen
Ein Krimi, weil es um ein Verbrechen geht, das manche Leute nicht für ein Verbrechen halten
(rotfuchs 344 / ab 10 Jahre)

Klaus Möckel
Bennys Bluff *oder Ein unheimlicher Fall*
(rotfuchs 611 / ab 12 Jahre)
Wie Klaus Möckel, einer der bekanntesten Krimiautoren der ehemaligen DDR, diese verrückt-traurige Geschichte erzählt, «steht haushoch über manchem bemühten Kinderkrimi» (*Frederik Hetmann*).
Kasse Knacken... *Ein Kinderkrimi*
(rotfuchs 673 / ab 11 Jahre)
In seinem neuen Buch erzählt der Autor von der Freundschaft dreier Kinder aus Ost und West, die durch Zufall einer Diebesbande auf die Spur kommen. Das Mädchen Lia gerät in einen schweren Gewissenskonflikt, denn ausgerechnet ihr Bruder scheint mit der Bande zusammenzuarbeiten...

Sylvia Brandis
Español *Rätsel um einen andalusischen Hengst*
(rotfuchs 656 / ab 12 Jahre)
Woher kommt der atemberaubend schöne und kostbare Hengst Español? Weiß der skrupellose Pferdehändler Schimmer mehr als er zugibt? Jan ahnt die Zusammenhänge und weiß von dunklen Geschäften. Eine spannende und brillant geschriebene Abenteuergeschichte um ein Pferd und den schüchternen Jungen Jan Tomsen.

Emer O'Sullivan /
Dietmar Rösler
Butler, Graf & Friends: Umwege
Ein deutsch-englischer Krimi
(rotfuchs 647 / ab 13 Jahre)
Der Fall beginnt am Flughafen, wo Kontrollinstrumente verrückt spielen, und führt zu einer Erpresserbande, die die Arbeit eines genialen Programmierers ausnutzt, der Programme für künstliche Welten erstellt...

Frauke Kühn
« ... trägt Jeans und Tennisschuhe»
(rotfuchs 439 / ab 12 Jahre)
«Ein Kollege meiner Mutter erkannte mich. Ich fand das nicht weiter schlimm. Wer kommt schon auf die Idee, daß der überall herumposaunt, daß man mit mir sehr viel Spaß haben kann..»
Ein Mädchen verschwindet
Krimi
(rotfuchs 519 / ab 14 Jahre)